The Nightingale and the Rose

The Nightingale and the Rose

夜莺与玫瑰

[英]奥斯卡·王尔德　著

林徽因　译

百花洲文艺出版社

图书在版编目（CIP）数据

夜莺与玫瑰 /（英）奥斯卡·王尔德著；林徽因译
. — 南昌：百花洲文艺出版社，2023.12
ISBN 978-7-5500-5327-4

Ⅰ.①夜… Ⅱ.①奥… ②林… Ⅲ.①童话－作品集
－英国－近代 Ⅳ.① I561.88

中国国家版本馆CIP数据核字(2023)第202959号

YEYING YU MEIGUI
夜莺与玫瑰

[英]奥斯卡·王尔德 著　　　林徽因 译

出 版 人　陈　波
出 品 方　师鲁贝尔
责任编辑　刘　云　雷芯玥
装帧设计　师鲁贝尔
制　　作　师鲁贝尔
出版发行　百花洲文艺出版社
社　　址　南昌市红谷滩区世贸路898号博能中心Ⅰ期A座20楼
邮　　编　330038
经　　销　全国新华书店
印　　刷　唐山楠萍印务有限公司
开　　本　880 mm×1 230 mm　1/16　　印张　8
版　　次　2023年12月第1版
印　　次　2023年12月第1次印刷
字　　数　70千字
书　　号　ISBN 978-7-5500-5327-4
定　　价　49.00元

赣版权登字　05-2023-367
邮购联系　0791-86895108
网　　址　http://www.bhzwy.com
图书若有印装错误，影响阅读，可向承印厂联系调换。

夜 莺 与 玫 瑰

The Nightingale and the Rose

contents
·目录·

The Nightingale and the Rose

The Nightingale and the Rose

chapter 01

· 夜莺与玫瑰 ·

"她说只要我为她采得一朵红玫瑰，便与我跳舞，"青年学生哭着说，"但我的花园里何曾有一朵红玫瑰？"

橡树上的夜莺在巢中听见了，从叶丛里往外望，心中诧异。

"我的园子中并没有红玫瑰，"青年学生的秀眼里满含泪珠，"唉，难道幸福就寄托在这些小东西上面吗？圣贤古书我已读完，哲学的玄奥我已领悟，然而就因为缺少一朵红玫瑰，生活就如此让我难堪吗？"

"这才是真正的有情人，"夜莺叹道，"以前我虽然不曾与他交流，但我却夜夜为他歌唱，夜夜将他的一切故事告诉星辰。如今我见着他了，他的头发黑如风信子花，嘴唇犹如他想要的玫瑰一样艳红，但是感情的折磨使他的脸色苍白如象牙，忧伤的痕迹也已悄悄爬上他的眉梢。"

青年学生又低声自语："王子在明天的晚宴上会跳舞，我的爱人也会去那里。我若为她采得红玫瑰，她就会和我一直跳舞到天明。我若为她采得红玫瑰，将有机会把她抱在怀里。她的头，在我肩上枕着；她的手，在我掌心中握着。但花园里没有红玫瑰，我将只能寂寞地望着她，看着她从我身旁擦肩而过，她不理睬我，我的心将要粉碎了。"

"这的确是一个真正的有情人，"夜莺又说，"我所歌唱的，正是他的痛苦；我所快乐的，正是他的悲伤。'爱'果然是非常奇妙的东西，比翡翠还珍重，比玛瑙更宝贵。珍珠、宝石买不到它，黄金买不到它，因为它不是在市场上出售的，也不是商人贩卖的东西。"

青年学生说："乐师将在舞会上弹弄丝竹，我那爱人也将随着弦琴的音乐声翩翩起舞，神采飞扬，风华绝代，莲步都不曾着地似的。穿着华服的少年公子都会艳羡地围着她，但她不会跟我跳舞，因为我没有为她采得红玫瑰。"他扑倒在草地里，双手掩着脸哭泣。

"他为什么哭泣呀？"绿色的小壁虎，竖起尾巴从他身前跑过。

蝴蝶正追着阳光飞舞，也问道："是呀，他为什么哭泣？"

金盏花也向她的邻居低声探问："是呀，他到底为什么哭泣？"

夜莺说："他在为一朵红玫瑰哭泣。"

"为一朵红玫瑰吗？真是笑话！"他们叫了起来，那小壁虎本就刻薄，更是大声冷笑。

然而夜莺了解那青年学生烦恼的秘密，她静坐在橡树枝上，细想着爱情的玄妙。忽然，她张开棕色的双翼，穿过那如同影子一般的树林，如同影子一般地飞出花园。

青青的草地中站着一棵艳美的玫瑰树，夜莺看见了，向前飞去，歇在一根小小的枝条上。

她对玫瑰树说："能给我一朵鲜红的玫瑰吗？我为你唱我最婉转的歌。"

那玫瑰树摇摇头。

"我的玫瑰是白色的，"那玫瑰树回答她，"白如海涛的泡沫，白如山巅的积雪，请你到日晷旁找我兄弟，或许他能答应你的请求。"

夜莺飞到日晷旁边那棵玫瑰树上。

她又叫道："能给我一朵鲜红的玫瑰吗？我为你唱我最醉人的歌。"

那玫瑰树摇摇头。

"我的玫瑰是黄色的，"他回答她，"黄如琥珀座上美人鱼的头发，黄如盛开在草地未被割除的水仙，请你到那个青年学生的窗下找我兄弟，或许他能答应你的请求。"

夜莺飞到青年学生窗下那棵玫瑰树上。

她仍旧叫道："能给我一朵鲜红的玫瑰吗？我为你唱我最甜美的歌。"

那玫瑰树摇摇头。

他回答她说："我的玫瑰是红色的，红如白鸽的脚趾，红如海底岩石下蠕动的珊瑚。只是严冬已冰冻我的血脉，寒霜已啮伤我的萌芽，暴风已打断我的枝干，今年我不能再次盛开了。"

夜莺央告说："一朵红玫瑰就够了，我只要一朵红玫瑰呀，难道没有其他法子了？"

那玫瑰树答道："有一个法子，只有一个，但是太可怕了，我不敢告诉你。"

"告诉我吧，"夜莺勇敢地说，"我不怕！"

"方法很简单，"那玫瑰树说，"你需要的红玫瑰，只有在月色里用歌声才能使她诞生；只有用你的鲜血对她进行浸染，才能让她变红。你要在你的胸口插一根尖刺，为我歌唱，整夜地为我歌唱，那刺插入你的心窝，你生命的血液将流进我的心房。"

夜莺叹道："用死来买一朵红玫瑰，代价真不小，谁的生命不是宝贵的？坐在青郁的森林里，看着太阳驾驶着他的黄金战车，月亮开着她的珍珠马车，是多么快乐呀！山楂花的味儿真香，山谷里的桔梗和山坡上的野草真美，然而'爱'比生命更可贵，一只小鸟的心又怎能和人的心相比呢？"

忽然她张开棕色的双翼，穿过那如同影子一般的花园，从树林里激射而出，冲天飞去。

那青年学生仍旧僵卧在方才她离去的草地上，一双美丽的眼睛里，泪珠还没有干。

"高兴吧，快乐吧，"夜莺喊道，"你将要采到那朵红玫瑰了。我将在月光中用歌声来使她诞生，我向你索取的报酬，仅是要你做一个忠实的情人。因为哲理虽智，爱却比她更慧；权力虽雄，爱却比她更伟。焰光的色彩是爱的双翅，烈火的颜色是爱的躯干，她的唇甜如蜜，她的气息香如乳。"

青年学生在草丛里抬头侧耳静听，但是他不懂夜莺所说的话，只知道书上所写的东西。

那橡树却是明白了，悲伤蔓延在他的心头，他非常怜爱在树枝上结巢的小夜莺。他轻声说："唱一首最后的歌给我听吧，你离去后，我将会感到无限的寂寞。"

于是夜莺为橡树歌唱，婉转的音调就像银瓶里涌溢的水浪一般清越。

夜莺唱罢，那青年学生站起身来，从衣袋里掏出一本日记簿和一支笔，一边往树林外走，一边自语道："那夜莺的样子生得确实很漂亮，这是不可否认的，但是她有感情吗？我怕没有！她其实就像许多美术家一般，尽是表面的形式，没有诚心的内涵，肯定不会为别人而牺牲。她所想的无非是音乐，可是谁不知道艺术是自私的。虽然，我们总须承认她有醉人的歌喉，可惜那种歌声是毫无意义的，一点也不实用。"

他回到自己房间，躺在小草垫上，继续想念他的爱人，过了片刻就熟睡过去。

待月亮升上天空，月光洒向宁静的大地，夜莺就飞到那棵玫瑰树上，将胸口压向尖刺。疼痛顿时传遍她的身躯，鲜红的血液从体内流了出来。她张开双唇，开始整夜地歌唱起来，那夜空中晶莹的月亮，也倚在云边静静地聆听。

她整夜地歌唱，那刺越插越深，生命的血液渐渐溢去。

她最先歌唱的，是少男少女心里纯真的爱情，唱着唱着，玫瑰枝上开始生长一苞卓绝的玫瑰蕾，歌儿一首接着一首地唱，花瓣一片跟着一片地开。起先那花瓣是黯淡的，如同河上笼罩的薄雾，如同晨曦交际的天色，那枝上的玫瑰蕾，就像映在银镜里的玫瑰花影子，映照在池塘的玫瑰倒影。

但是那玫瑰树依然催迫着夜莺往自己的身子紧插那根刺。

"靠紧一些，小夜莺呀，"那树连声叫唤，"不然，玫瑰还没盛开，黎明就要来临了！"

夜莺赶紧把尖刺插得更深，悠扬的歌声更加响亮。她这回所歌颂的是成年男女心中热烈如火的爱情，唱着唱着，玫瑰瓣上生长出一层娇嫩的红晕，如同初吻新娘时新郎的绛颊。只是那刺还未插到夜莺的心房，玫瑰花的花心尚留着白色，只有夜莺的心血才可以把玫瑰的花心彻底染红。

那树又催迫着夜莺往自己的胸口紧插那根刺。

"靠紧一些，小夜莺呀，"那树连声叫唤，"不然，玫瑰还没盛开，黎明就要来临了！"

夜莺赶紧把刺又插深一些，深入骨髓的疼痛传遍她的全身，玫瑰花刺终于刺入她的心房。那挚爱和家中不朽的爱情呀，卓绝的白色花心如同东方的天色，终于变作鲜红。花的外瓣红如烈火，花的内心赤如绛玉。

夜莺的声音越唱越模糊，她拍动着小小的双翅，眼睛蒙上一层灰色的薄膜。她的歌声越来越模糊，觉得喉咙里有什么东西哽咽住似的。

但她还是唱出最后的歌声。白色的残月听见后，似乎忘记了黎明，在大空踌躇着。那玫瑰花凝神战栗着，在清冷的晓风里瓣瓣开放。回音将歌声领入山坡上的暗紫色洞穴，将牧童从梦里惊醒过来。歌声流入河边的芦苇丛中，苇叶将信息传至大海。

那玫瑰树叫道："看呀，看呀，这朵红玫瑰生成了！"

然而夜莺再也不能回答，她已躺在乱草丛中死去，那尖刺还插在她的胸口。

中午时分，青年学生打开窗户，忽然，他惊呆了。

"怪事，今天真是难得地幸运，这儿居然有朵红玫瑰！"他叫道，"如此美丽的红玫瑰，我从来没有见过，她一定有个很繁长的拉丁名字。"说着便俯身下去，把红玫瑰采摘下来，然后戴上帽子，手里拈着玫瑰花，往教授家跑去。

教授的女儿正坐在门前卷着一轴蓝色绸子，一只温顺的小狗伏在她脚边。

青年学生叫道："你说过，我若为你采得红玫瑰，你便同我跳舞。这里有一朵全世界最珍贵的红玫瑰，你可以将她插在你的胸前，我们同舞的时候，这花便会告诉你，我是怎样地爱你。"

但那女郎却皱着眉头。

她说："我怕这花儿配不上我的衣服吧，而且大臣的侄子送我许多

珠宝首饰，人人都知道珠宝比花草要贵重得多。"

青年学生傻了，这就是爱情的真相吗？失望顿时占据他的整个心房。

"你简直是个无情无义的人。"他怒道，将红玫瑰掷在街心，一个车轮从红玫瑰上面碾过。

"无情无义？"女郎说，"我告诉你吧，你实在无礼。况且你到底是谁啊？不过一个学生。我看，像大臣侄子鞋上的那种银纽扣你都没有。"说完就站起身走进屋子。

青年学生懊恼地走着，自语道："爱情是多么无聊啊，远不如伦理学实用。它所告诉人们的，全是空中楼阁与缥缈虚无的幻想。在现实的世界里，首要的是实用，我还是回到我的哲学和玄学书上去吧！"

他回到房中，取出一本笨重的、布满尘土的大书埋头细读起来。

chapter 02

◆幸福王子◆

城中屹立着一根圆形高柱，幸福王子的雕像站立在上面。他全身贴满金叶，宝玉镶成的眼睛纯洁晶莹，腰刀悬挂在身上，刀柄镶着一粒闪闪发亮的大红玉。

如此姿态让所有人倾慕，一位市参议员赞道："他真是玉树临风，英俊不凡。"这样说，无非是为了表现自己有艺术鉴赏力，只是说完他又连忙补上一句："可惜除了好看外，没什么具体用处。"又怕别人骂他是一个爱慕虚荣的人。

一位聪明的母亲，对那哭着要月亮的娃娃说："你为什么不像幸福王子那样呢？他做梦都不会哭着向人要东西。"

一位失意的人呆看着雕像喃喃地说："世间原来有如此快乐幸福的

人呀！"

孤儿院的孩子们穿着华丽的小红袄，披着洁净的白色围巾从教堂里走出来，其中一个说："他看起来就像安琪儿。"

老师说："你不曾见过安琪儿，怎么知道他像安琪儿？"

学生答："我当然见过，不过是在梦里。"

"梦可不能随便做。"老师紧皱双眉，神情肃然。

一天夜里，一只小燕子从城外飞来。他的伙伴六个星期前已去埃及，但由于他爱上美丽的芦苇，耽误了行程，所以落在了最后面。

小燕子与芦苇初遇是在早春时节，那时他正追着一只黄蛾。当他从河边飞过的时候，被芦苇那纤弱的细腰，点燃了内心爱情的火焰，他忍不住停下来与她攀谈。

"我可以爱你吗？"小燕子激动得想立刻飞到芦苇的身边。

芦苇红着脸，深深地弯了一下腰，点点头。

从此小燕子便绕着她飞来飞去，向她表达浓烈的爱意。他的翅膀拍打着水面，水中泛起一圈圈银色的涟漪，一个夏天都不曾停止。

"这样的恋爱真可笑，她又没有钱，亲戚还如此多。"别的燕子嘲笑他。的确，那条河里生满成片的芦苇，密密麻麻。不过小燕子却不理这些闲言碎语，依旧天天待在芦苇的身边。

到了秋天，其他燕子都飞往埃及准备过冬去了。他们飞走后，只剩下小燕子孤独一人，久了之后，他也开始对意中人产生厌倦。

"她又不会跟我说话，而且整天跟风在一起嬉戏，或许是个风流女子。"每当微风拂过，芦苇便行着最动人的屈膝礼，与风儿交融在一起，是如此温情，让人嫉妒。他又继续说："也或许她是个很顾家的女人，而我则喜欢旅行，我的妻子应追随我的脚步，与我一起浪迹天涯。"

"你能同我走吗？"小燕子最后问她。

芦苇摇摇头，拒绝了小燕子。她对自己的家有着深深的眷恋，决不会离家出走。

"原来你一直在玩弄我呀，"小燕子大叫起来，"我到金字塔那边去了，再会！"他飞走了。飞了一整天，傍晚时分，小燕子来到一座城市里。

"我到哪儿去投宿呢？城里要是有给我预备妥当的地方该多好呀！"他迷茫起来，随后看见高柱上的雕像。

"就住在这儿吧，这地方空气新鲜，我很喜欢。"他心想，于是便在幸福王子的脚边栖息下来。

"我有一间金子筑成的卧室了。"小燕子向四下望去，轻轻地自言自语，准备睡觉。只是他刚把头藏在柔软的翅膀下，就有一滴"水"落在他身上。

"咦？"他叫了起来，"天上又没有乌云，星儿也眨着眼睛，怎么会下雨呢？欧洲的天气真是古怪，我记得芦苇也特别喜欢雨滴，但我想那只是她的自私罢了。"

这时又有一滴"水"落在他身上。

他郁闷地说："若不能遮雨，这雕像还有什么用呢？我还是去找一个烟囱吧！"他决心飞走了。

只是还没展开翅膀，又落下第三滴"水"来。他抬头望去——呀，吓了一跳！只见雕像的眼睛里噙满泪水，一滴滴晶莹剔透的泪珠，顺着金色的面颊滑落而下。月光照耀在雕像的脸上，是多么美丽呀！小燕子心里泛起波澜，一股莫名的同情之心油然而生。

"你是谁呀？"小燕子问。

"我是幸福王子。"雕像回答道。

"你为什么哭呀？你把我身子都打湿了。"小燕子说。

幸福王子道："以前我还活着的时候，有着一颗人类的心，那时我根本不知道什么是眼泪。我住在无忧宫里，无忧宫从来没有忧愁、哀伤与烦恼。白天我与同伴在花园里玩乐，晚间我们便在大厅里跳舞。花园四周是高高的围墙，我从没有好奇过外面的世界。我身边的一切就是美丽的化身，我的臣子叫我幸福王子。如果快乐就是幸福，那么我的确是幸福的。我就这样快乐地生活直到死亡。如今我死了，他们把我竖立在这高高的圆柱上，让我看见城里的一切丑恶与肮脏，虽然我的心是铅做的，但我还是忍不住流下泪来。"

"怎么，他不是纯金的？"小燕子暗自心想。他很有礼貌，没有去询问对方的秘密。

幸福王子又用音乐般委婉的声音说："很远很远的那条小街上，有一户穷人，他们家的窗子被冷风吹开了，我看见一位沧桑的妇人，坐在破旧的木桌边，面黄肌瘦。她是缝衣服的裁缝，一双生满老茧的手全被针刺破，正在为一件华丽的衣服绣着娇艳的花朵。那件衣服是为女王身边最美的女官缝制的，她要在皇家的舞会上大放异彩。妇人的小孩生病了，睡在屋角的那张小床上，全身发热，想吃甘甜可口的橘子。但他母亲除了给他喝不干净的河水，穷得什么也没有，那孩子正在大声地哭泣。燕子，燕子，小燕子！我的脚被钉死在这圆柱之上，一步也不能挪动，你可以把我刀柄上的那颗红玉拿去给她吗？"

小燕子说："我的朋友都在美丽的尼罗河上，与大朵的莲花聊着知心话儿，不久还要去国王的坟墓里投宿。那国王静静地沉睡在彩色的棺材里，身上裹着黄布，遍身涂着香料，颈上挂着淡绿色的玉珠，干瘪的双手犹如两片枯黄的树叶。他们都在埃及等我，我必须去和他们会合。"

"燕子，燕子，小燕子！"幸福王子说，"你不能在这儿住一晚，替我当回使者吗？那孩子如此饥渴，他母亲多么难过啊！"

"我不喜欢小孩子，"小燕子道，"去年夏天我在河边歇息，磨坊老板两个撒野的小孩，经常丢石子打我。我飞得极快，然后逃走了。我祖上都非常善于飞翔，但用石子打我总是一种无礼的行为呀！"

幸福王子露出悲伤的神情，小燕子也很难过，他转而心软："这里虽然很冷，但我还是同你住一晚，当一回你的使者吧！"

王子说："谢谢你，小燕子！"

小燕子把王子刀柄上的那颗大红玉取下来，用嘴衔着从屋顶上飞去。他经过教堂尖塔，只见白色大理石雕刻而成的天使亭亭玉立。他又飞过王宫，跳舞的乐声弥漫而来。

一个美丽少女挽着她的情郎来到露台上，男子对少女说："夜空的星星多可爱呀，爱情的诱惑实在让人难以抗拒！"

少女答道："我希望在舞会时衣服就已经做好，我已经叫人绣上艳丽的花朵，但是那些裁缝都是懒虫，不见得能按时完工。"

他又从河上飞过，见到船桅的尖端挂着很多灯笼。穿过犹太街，见到一些老犹太人在那儿做买卖，用铜制的天平秤着银两。最后到了穷人家里，他朝里面望去，那孩子在床头翻来覆去，可怜地呻吟着。母亲由于过度疲倦，早已昏昏睡去。他从窗口跳进屋内，把大红玉放在桌上那妇人的顶针旁边，又绕着床头飞舞，用翅膀扇着孩子发烧的额头。

"好凉快呀，我一定快好起来了！"那孩子恍惚地说，沉入甜蜜的梦乡。

小燕子飞回幸福王子那儿，告诉他自己当使者的经过。"真奇怪，虽然天气很冷，可我这时候却觉得特别温暖。"他如此感慨道。

"当然，"幸福王子说，"这是因为你做了一件好事。"

小燕子开始思索起来，随即睡着了。

天亮后，他飞到河里洗澡。一位动物学教授从桥上路过，看见他后相当惊奇："真是怪事啊，冬天竟然还有燕子！"他把这事写成一封长信，寄给了本地报社。

"今晚我要到埃及去了。"小燕子心想，他非常渴望完成自己的梦想。于是他游览了许多公共纪念碑，还在教堂尖塔上坐了许久，准备晚上告别幸福王子。无论他到什么地方，都有一只麻雀叽叽地叫着："多么出众的客人呀！"小燕子玩得非常愉快。

月儿悄悄爬上天空，他飞回幸福王子身边说："你在埃及有什么事需要我代办的吗？我就要起程了。"

"燕子，燕子，小燕子！"幸福王子说，"你不能再同我住一晚吗？"

小燕子回答："埃及有我的伙伴等着我呢，明天我的朋友就要飞往第二瀑布，那里非常美丽。肥壮的河马睡在芦苇丛中。威武的门农神坐在花岗石宝座上，整夜守望星辰，每当晨星出来，就会欢声呼喊，然后再也不作声。正午时分，黄色的狮子也会跑到河边饮水，他们的眼睛犹如绿玉，吼声像瀑布一般响亮。"

"燕子，燕子，小燕子！"幸福王子说，"城市的那头有一个年轻人，他靠在一张铺满稿

纸的桌上，桌上放着花瓶，花瓶里插着一束枯萎的紫罗兰。他的头发泛黄像波纹，生着一双梦幻似的大眼睛，嘴唇犹如石榴一样红。他正准备为戏院导演完成一部戏剧，但是天气太冷了，火炉里没有火，人又饿得憔悴不堪，他什么也写不了。"

确实生就一副好心肠的燕子说："那我再同你住一晚吧，要我也送他一块红玉去吗？"

"唉，可惜我没有红玉了！"幸福王子说，"我只剩下一双青玉制成的眼睛，那是一千年前从印度那儿采来的，你挖一颗送给他吧。他可以卖给珠宝商换来食物与木炭，完成他的剧本。"

"亲爱的王子，这事我不能做。"小燕子说道，之后他就哭了起来。

"燕子，燕子，小燕子，"幸福王子说，"你就照我说的做吧！"

因此小燕子挖出幸福王子的一颗眼珠，往青年的住所飞去。那房子的屋顶有一个破洞，他从那儿钻进屋里。

年轻人趴在桌子上，没有听见小鸟进来的声音，当他抬起头时，漂亮的青玉已经放在枯萎的紫罗兰花束上。他惊叫起来："才华终究不会被埋没，金子总有闪亮的一天，这必定是哪个赏识我的人送来的，现在终于可以完成我的戏剧了。"他脸上露出兴奋的色彩。

第二天，小燕子飞到码头边，坐在一艘大船的桅杆上。只见船夫用绳子把柜子拖出船舱，每拖出一个，他们就同呼："哼唷！哼唷！"

"我真的要到埃及去了。"小燕子这样想着，但没有谁关心他，当月亮再次爬上树梢，他飞回幸福王子那儿。

"我来同你道别了。"小燕子道。

"燕子，燕子，小燕子！"幸福王子说，"你不能再同我住一晚吗？"

"冬天已经来临，这儿马上就要下雪了，"小燕子答道，"不过埃及却依旧温暖如春，太阳照在绿油油的棕榈树上，鳄鱼在淤泥里懒洋洋地看着四周。我的同伴正在太阳神庙里筑巢，淡红、雪白的鸽子望着他们，互相咕咕咕地叫着。亲爱的王子，我一定要离开你了，我永远不会忘记你，明年的春天我会给你带两颗漂亮的美玉，补偿你送给别人的损失，那玉比玫瑰还要红，比大海还要青。"

幸福王子说："下面那条街上站着一位卖火柴的小姑娘，她不小心把火柴丢到水里打湿了。如果没有钱拿回家，她父亲就会用鞭子狠狠地抽她。她没有鞋袜穿，小小的脑袋连一顶遮风挡雨的帽子也没有。你把我那只眼睛也挖去给她，这样她父亲就不会再抽她了。"

小燕子说："我可以再同你住一晚，但我不能再挖你的眼睛，否则你不是完全瞎了吗？"

"燕子，燕子，小燕子！"幸福王子说，"你就照我的吩咐去做吧！"

于是小燕子流着眼泪挖掉幸福工了的另一只眼睛，飞了出去。他从卖火柴的小姑娘身边掠过，轻轻地把宝玉放在她手心。那小姑娘叫着："多美的一块玻璃呀！"一路笑着往家里跑去。

小燕子飞回幸福王子身边，说："你现在完全瞎了，我要永远同你住在一起。"

可怜的幸福王子说："不，小燕子呀，你还是得赶紧去埃及。"

"我要永远同你住在一起。"小燕子说着，就在王子脚下睡着了。

第二天，他整日坐在幸福王子的肩上，给他讲述异乡的所见所闻：譬如那赤色的仙鹤，成群列队地站在尼罗河畔，用细长的嘴捕捉金鱼；譬如那狮首人身的怪物，住在沙漠里，既知万事，寿命亦悠久如同天地；譬如那经营买卖的人，慢慢地跟在骆驼身边，手里拿着琥珀珠；譬如那月山之王，黑如沉檀，崇拜大水晶；譬如那睡在棕榈树干里的大绿蛇，二十个和尚喂它蜜糕；还有那小人国的矮人，能在大湖中漂游，坐在平坦的大树叶上，同蝴蝶发生争斗。

"亲爱的小燕子呀，"幸福王子说，"这都是奇闻逸事，人世间的苦难才最是让人惊心动魄，没有什么比贫穷更不可思议的了。你去城里转一圈，再告诉我发现了些什么吧！"

于是小燕子飞去城市上空，看见富人在华丽的房屋中吃喝玩乐，而乞丐却坐在门外忍受饥寒。他飞进黑巷里，看见孩子苍白如纸的面颊，因为饥饿而模糊扭曲。还有肮脏的桥洞下面，两个孩子睡在那儿，颤抖着抱成一团，想要温暖彼此。

"好饿呀！"他们嗓音嘶哑地说。

这时城市的管理者来了，对他们吼道："你们不能睡这儿！"于是他们又彷徨在寒冷的街道中。

小燕子回去，把看见的一切对幸福王子说了。

幸福王子道："我身上贴满着金叶，你一张张撕下来，把它拿去送给穷人吧，世上的人都以为钱最能使他们幸福。"

小燕子把金叶一张张撕下来，最后幸福王子变成一个灰暗难看的雕像。小燕子把金叶一张张送给穷人，孩子的脸变得更加红润，笑着闹着在街上玩耍。他们叫着："我们现在有面包了！"

冷风呼啸，雪花漫天，寒冷的冬天终于到来了。天地间白雪皑皑，银装素裹，地上结着厚厚的冰，街道犹如蜡烛做成的一样。长长的冰条就像水晶刀，挂在屋檐上。人们穿着厚厚的皮衣，孩子们戴着大红帽在冰上滑行。

可怜的小燕子不能离开幸福王子，他爱对方胜过自己的生命。由于没有了食物，他只能趁烘面包的人不留心，在门外捡一些面包屑充饥，然后不住地拍打翅膀取暖。后来他知道自己马上就要死亡了，仅仅只有一次飞到幸福王子肩上的气力。

"再会了，亲爱的王子！"他低声地对幸福王子说，"你能让我吻吻你的手吗？"

"你终于要去埃及了吗？我真高兴，你在这儿住得太久了。"幸福王子道，"你吻我的嘴唇吧，因为我爱你呀！"

小燕子说："我不是去埃及，而是奔向死亡，死是睡的兄弟，不是吗？"小燕子吻了幸福王子的嘴唇，随即倒在他的脚下停止了呼吸。

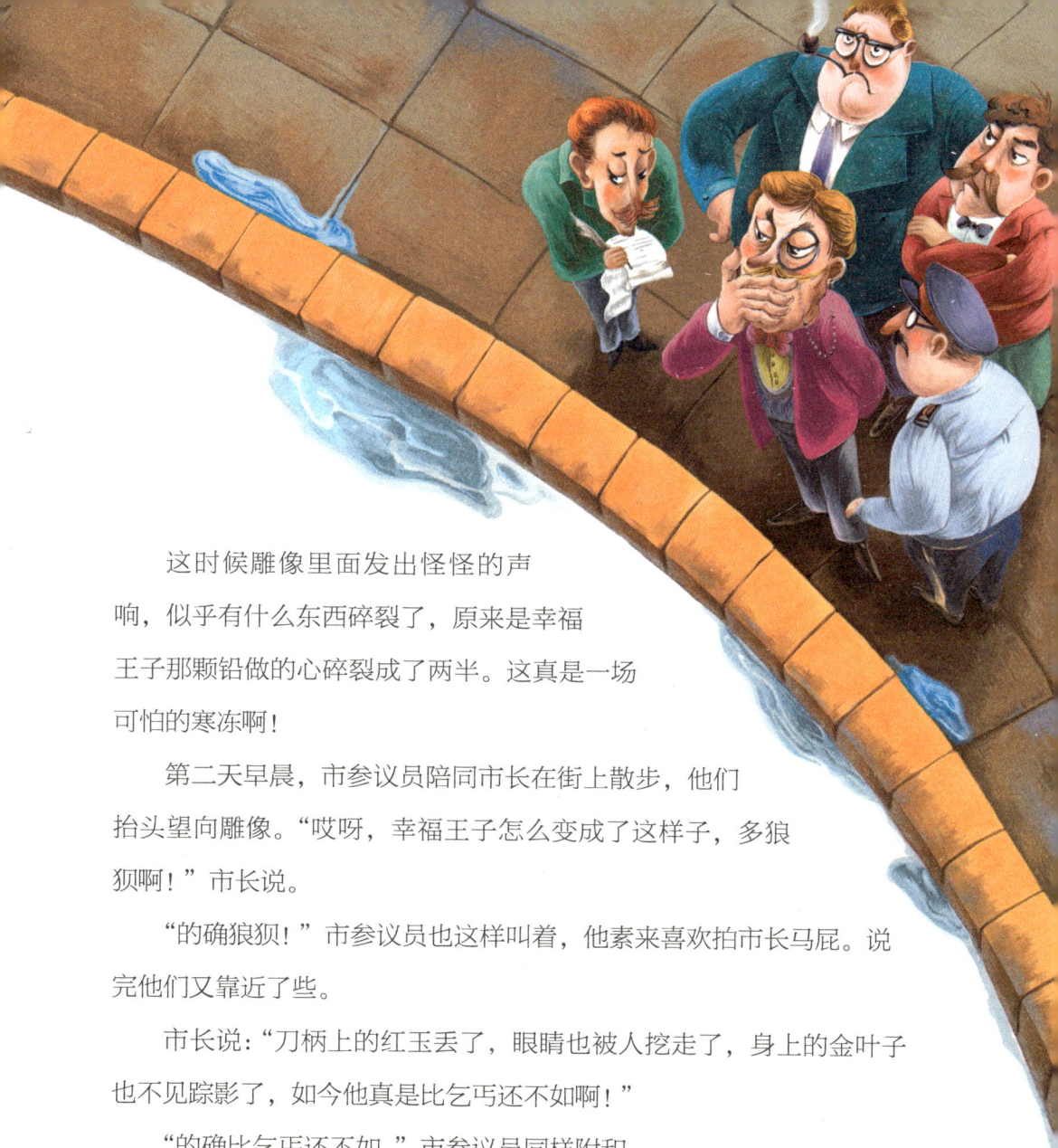

这时候雕像里面发出怪怪的声响，似乎有什么东西碎裂了，原来是幸福王子那颗铅做的心碎裂成了两半。这真是一场可怕的寒冻啊！

　　第二天早晨，市参议员陪同市长在街上散步，他们抬头望向雕像。"哎呀，幸福王子怎么变成了这样子，多狼狈啊！"市长说。

　　"的确狼狈！"市参议员也这样叫着，他素来喜欢拍市长马屁。说完他们又靠近了些。

　　市长说："刀柄上的红玉丢了，眼睛也被人挖走了，身上的金叶子也不见踪影了，如今他真是比乞丐还不如啊！"

　　"的确比乞丐还不如。"市参议员同样附和。

　　市长接着说："瞧，他脚边还有一只死燕子呢！我们得发出公告，以后不允许鸟儿死在这里。"市参议员连忙用笔记录下来，随后他们把幸福王子的雕像推倒。

大学里的艺术教授说："他已经没有了美丽的容颜，再也没有任何用处了。"

他们把雕像熔进炉里，市长又召开会议，讨论如何处置这些废弃的金属。他说："我们应该再建立一座铜像，而且这铜像应该是我的样子。"

"应该是我的！"其他市参议员说，为此他们争执起来。

"真是怪事啊，"铸造厂的监工说，"这破碎的铅心竟不能熔化，我们把它丢了吧！"于是他便把那颗铅心丢在不远的垃圾堆里，正好死去的小燕子也躺在那儿。

上帝对一个天使说："把城里两样最宝贵的东西给我拿来！"

天使便把铅心和死去的小燕子送到上帝面前。

"你选得很对，"上帝说，"从此以后这只小燕子可以永远在我的乐园里唱歌，幸福王子可以永远在我的黄金城里赞美我。"

chapter 03
· 忠 实 的 朋 友 ·

早晨，老水鼠从洞里伸出头来，小小的眼睛，长长的胡须，尾巴犹如一条黑色橡胶。小鸭子正在池子里游泳，看上去就像漂亮的金丝雀。他们的母亲全身披着雪白的羽毛，生着一双红脚丫，正在教他们如何头朝下地倒立在水中。

"如果你们不善于倒立，就无法进入上等社会。"她谆谆告诫，每说一次，就身体力行地演示给小鸭子们看。那些小鸭子根本不用心，他们年纪太轻了，还不知道生活在上等社会的益处。

"多顽皮的孩子，他们真该淹死才好。"老水鼠皱眉。

母鸭答道："不能这样说呀，耐心是一个母亲最基本的美德，初学者都是这样。"

　　"唉！"老水鼠说，"我是没有成家的人，也永远不想结婚，还不懂做母亲的心理。爱情本是很美好的事物，但友谊更值得让人忠诚，我实在不知道还有什么比忠实的友谊更宝贵的东西。"

　　"那么请问，你觉得一个忠实的朋友，应该尽什么样的义务才算合格呢？"一只绿色梅花雀，坐在旁边的杨柳枝上，听见这段对话后问道。

　　"的确，我也想知道呢！"母鸭说着，便游到池边，在水中倒立着，给她的孩子做示范。

　　"这个问题太无聊了，"老水鼠说，"忠实的朋友就是要对朋友忠实，当然就是这样呀！"

　　一只小水鸟在银色的波纹上游着，她拍打着翅儿，问道："那么你又怎么报答他呢？"

　　老水鼠回答："我不懂你的话是什么意思。"

　　梅花雀说："让我讲个这类的故事给你们听吧！"

　　老水鼠问："是关于我的吗？如果这样，我倒要听听，我极喜欢听故事。"

　　"于你是有关系的。"梅花雀说着，就飞了下来，歇在岸边，开始讲这个忠实朋友的故事。

　　梅花雀说："从前，有个诚实的小家伙，名叫汉斯。"

老水鼠问："他这个人很出众吗？"

"不，"梅花雀说道，"他不出众，只是心肠很好，那圆脸儿怪有趣的。他住在一间草屋里，每天都在花园里工作，整个乡村周围，再也找不到一座如此可爱的花园。五彩缤纷的小花争相斗艳，有紫罗兰花、荠花、黄玫瑰、法国松雪草、紫色番红花、白色紫罗兰，有薄荷、野香草、樱草、鸢尾、水仙、桃色丁香等，这边谢了，那边盛开，不断地有鲜花在园中绽放，一年中的大部分时间都能闻到沁人心脾的香味。

"汉斯有许多朋友，最要好的忠实朋友，是磨坊的老板。那磨坊老板对汉斯很忠实，每当从花园经过，都会从园子的围墙爬进去，摘一大把鲜花，或是一把甜草；要是遇到结果时期，还会装一袋梅子和樱桃带回家去。磨坊老板常常这样说：'真正的朋友应该共同分享一切。'汉斯点头微笑，觉得有一个思想如此高尚的朋友是一件非常骄傲的事情。

"有时邻居也觉得很奇怪，如此富有的磨坊老板，家藏面粉数百袋，乳牛六头，还有一大群绵羊，也不送给汉斯一点，反而汉斯不时拿些东西来，听着磨坊老板高谈阔论。他觉得再也没有其他事情比这更令自己高兴的了。汉斯总在花园里工作，春、夏、秋三季都很快乐，只是一到冬天，没有花果拿到市上去卖，他就要受冻挨饿了，有时只吃点干梨或硬栗子就去睡觉。下雪之后，他还要忍受孤单与寂寞，因为这时候磨坊老板再也不来看他。

　　"磨坊老板常常对妻子说：'冬天我去看汉斯是没有好处的，因为人在遇到困难的时候需要安静，这是我对友谊的见解。我觉得这是正确的，所以，等到明年春天时我再去看他，到时他送给我一大篮莲馨花，可以让他非常快乐。我现在去，他没有什么东西拿出来招待我。'

　　"他的妻子坐在火炉旁的大椅上，答道：'你真替别人想得周到啊！听你谈友谊的真谛，有种让人茅塞顿开的感觉，我敢说牧师也没有你这样的观点，虽然他住的是三层洋房，小指上还戴着金戒指。'

"'可是，我们为什么不叫汉斯到这儿来过冬呢？'磨坊老板的小儿子突然插嘴说，'如果可怜的汉斯很穷苦，我可以把粥分给他一半，还可以领他一起看我养的小白兔。'

"磨坊老板叫了起来：'你真是个无聊的孩子，我不懂把你送进学校去有什么用，似乎什么知识也没学到。假如汉斯到这儿来，看见我们有火炉、好的食物以及大瓶的红酒，肯定会引起他的嫉妒之心。嫉妒是很可怕的东西，它能毁灭人的天性，我决不能让汉斯受到这种不良习性的污染。我是他最要好的朋友，理应时常看管他，使他不受任何诱惑。况且若他来到这儿，一定会跟我赊借面粉，这是我所不允许的。面粉是一件事，友谊又是另一件事，决不能混淆在一起。你看，"面粉"与"友谊"两个词的写法完全不一样，意思更不相同，这是人人都知道的事情。'

"他的妻子听了，自斟一大杯热酒说：'你说得多好呀，真像在教堂里听经一样！'

"磨坊老板说：'会做事的人非常多，可会说话的人却少得可怜，足见说话是两者之中更困难的，也是更重要的。'说完就很严肃地看着桌子那边的小儿子。小儿子觉得非常惭愧，低垂着头，满脸绯红，望着茶杯哭泣起来。"

老水鼠问："故事就这样结束了吗？"

梅花雀说："当然不是，这只是开头哩！"

"那你真是太落伍了，"老水鼠说，"如今善于说故事的人，多从结局开始，然后再说开场，最后才说中间部分。这种新的讲故事手法，是我从一位批评家口中听来的。那天他正同一位青年在河边散步，说的内容很长，我敢断定他说的是对的。他戴着一副蓝色眼镜，秃顶亮光光，只要那青年说句什么，他总是'呸'的一声作为回答。请把故事继续说下去吧，我非常热爱这个磨坊老板，我和他有种异常的共鸣。"

"好的。"梅花雀说。他时而用这只脚跳着，时而又用那只脚跳着。"冬天过去之后，漂亮的莲馨花会再次绽放，到时磨坊老板就对他的妻子说，要下山去看汉斯。他的妻子道：'唉，你的心肠真好呀，总是经常挂念别人，只是别忘记带个大点的篮子去装花哟！'磨坊老板就用粗铁链把风车轮子固定，带着篮子走下山去。

"磨坊老板说：'早上好呀，汉斯！'

"汉斯靠在铁铲柄上，满脸笑容地说：'早上好！'

"磨坊老板说：'这个冬天过得还好吗？'

"汉斯叫着：'唉，你这话问得真是好呀，实在是太关心我了！那时我的确遇到一些困难，不过现在春天来了，一切阴影都已成为过去，

我现在非常幸福，花儿都长得很好。'

"磨坊老板说：'冬天我们常谈到你，不知你过着怎样的日子。'

"汉斯说：'你们真是太好了，我还怕你们都把我忘了呢！'

"磨坊老板说：'汉斯，你这样说就令我生气了，友谊是不会被人遗忘的，它只会被人铭记于心，只是你可能不懂生活的诗意。啊，这些莲馨花真好看！'

"汉斯说：'的确很不错，这是因为我的运气好，花儿才开得如此灿烂。我准备把它带到市场上卖给市长的女儿，用那笔钱把我的小车赎回来。'

"'赎回你的小车？如此说来你已经把它卖掉了，你怎么会干这种事，多么愚蠢啊！'

"'唉！'汉斯说，'事实上我也是迫不得已才卖掉的，你知道，每年冬天都是我最艰难的时期，穷得连买面包的钱都没有。我先是卖掉了礼拜日穿的那件衣服上的银纽扣，接着银链子、大烟斗，最后才把小车也卖了，但是我现在准备把它们全部买回来。'

"磨坊老板说：'汉斯，我把我的小车送给你吧！它虽然有一边是坏了的，已经破旧不堪，车轮也有些毛病，不过即使这样，我还是决定送给你。我知道这样做非常慷慨，甚至许多人认为很愚蠢，但我才不

愿和别人一般庸俗，慷慨是友谊最神圣的要素，况且我已买了一辆新小车。你放心，我把这辆旧车全部送给你就是。'

"汉斯说：'啊，你真是太大方了！我屋里刚好有一块木板，不用费什么事就可以把它修好。'他圆圆的脸颊充满了兴奋的喜气。

"'一块木板？'磨坊老板说，'我正想弄一块来修理我的仓库呢，那间仓库出现了一个破洞，如果不把它修好，里面储存的面粉在下雨的时候就会被淋湿。幸亏你说出来，果真是好心必有好报啊！我既然把小车送你，你也把这块木板给我吧！小车当然比木板值钱，但是真正的友谊是不在乎这些的。你现在拿出来，我想马上就去修理仓库。'

"'好的！'汉斯高兴地叫着，跑到屋棚里把木板拖了出来。

"磨坊老板看着木板说：'这块木板不大，我怕仓库修好之后就没有多余的修小车了，但这当然不是我的错。还有，我把小车给你，想你应该也愿意转送我一些花儿，篮子就在这里，记着要装得满满的。'

"'满满的吗？'汉斯愁苦地犹豫着，那篮子实在太大，如果把它装满就没有拿去卖的了，他很想把那银纽扣买回来。

"磨坊老板接口说：'是啊，我既然把小车白送给你，向你要一些花儿，应该不算很过分吧！当然，我或许也不对，但我总想着我们的友谊，真正的友谊不含任何自私的目的。'

　　"汉斯叫了起来:'我亲爱的朋友,伟大的朋友,花园里的花,你想要什么就摘什么吧!银纽扣我可以改日再买,只要你不怀疑我对你的友谊。'说完就跑去把所有的莲馨花摘了,装满磨坊老板的篮子。

　　"'再会吧,汉斯!'磨坊老板扛着木板,提着大篮子,往山上走去。

　　"'再会吧!'汉斯欢欢喜喜地掘着地,他又有了小车,兴奋得如同久旱逢甘霖的小草。

　　"第二天,汉斯正在把金盏花藤牵上高高的木架,却听见街头不远处传来磨坊老板叫他的声音。他一步从梯子上跳下来,爬到花园的墙头,只见磨坊老板背上扛着一大袋面粉向他走来。

　　"磨坊老板说:'亲爱的汉斯,你可以替我把这袋面粉扛到街市上去卖掉吗?'

　　"汉斯说:'抱歉,我今天实在很忙,要把藤蔓一起上架,还要浇花、施肥与锄草,没有时间呀!'

　　"磨坊老板说:'好,你说得不错,如果你细想我连小车都送给了你,你还会拒绝这点小事吗?你真是太不够朋友了。'

　　"汉斯立马叫了起来:'别说这样的话,我是不会对朋友忘恩负义的!'他立刻跑进屋子里拿来草帽,扛着面粉袋,慢慢地朝街市上走去。

"那天天气很热，路上飞沙漫天，汉斯没走多远就迈不动脚了，但以他的勇敢与毅力，坐下来歇息片刻后，最终还是到达目的地。他在市场上等了一会儿，面粉便卖出很好的价钱，然后立刻赶回家来，生怕时间太晚，路上遇着盗匪。

"晚上，汉斯临睡时对自己说：'今天真是太辛苦了，但我依旧很高兴，没有辜负磨坊老板的嘱托。他是我最好的朋友，何况还要把小车送给我，呵呵！'

"第二天，太阳刚从地平线升起，磨坊老板就来拿卖面粉的钱，汉斯因为昨天的疲劳，还躺在床上没有起来。磨坊老板说：'你太懒了，如果要想我把小车给你，就应该勤快一点，懒惰是一种大罪，我当然不希望我的朋友犯这样的罪。我这样教训你，你不必放在心上，如果我不是你的朋友，做梦也不会对你说这些话。但若不说真心话，又算什么好朋友呢？人人都会说好话，讨人家的喜欢，但作为真正的朋友，反而说的都是难听的。朋友决不会顾忌你的感受而天天拍马逢迎，如果他是真正的好朋友，必定这样直言不讳，因为他知道这样做完全是为了你好。'

"汉斯揉揉眼睛，脱下睡帽说：'你教训得对，但我实在疲倦不堪，我想多在床上躺一会儿，听听小鸟的叫声。你知道每当听完小鸟唱歌

之后，我有多精神吗？'

"磨坊老板拍着汉斯的背说：'好，这样很好，我要你快些到磨坊来帮我修理仓库，越快越好！'

"可怜的汉斯本来想去自己的花园做点事，他的花儿已经两天没浇水了，但磨坊老板既然是他的好朋友，怎么也不愿意拒绝对方。他害羞似的轻声问道：'如果我说我很忙，你会不会觉得我不够朋友？'

"磨坊老板答说：'嗯，是的！我想我的要求并不过分，我还要送你小车呢！不过如果你实在不愿意，我就自己去动手算了。'

"'啊，这样怎么可以！'汉斯跳下床来，穿好衣服，径直到磨坊老板的仓库那儿去了。他在那儿做了一天苦工，一直到太阳落山。傍晚时分，磨坊老板来看仓库修理的进展情况，他用一种欣喜的声音叫道：'汉斯，你把楼顶上的洞补好了吗？'

"'完全补好了。'汉斯走下楼梯来。

"磨坊老板说：'再也没有什么工作，比帮人家做事更令人高兴吧？'

"汉斯说：'听你谈话真是一种莫大的荣耀，我想我永远都不会有你这种精辟的见解。'

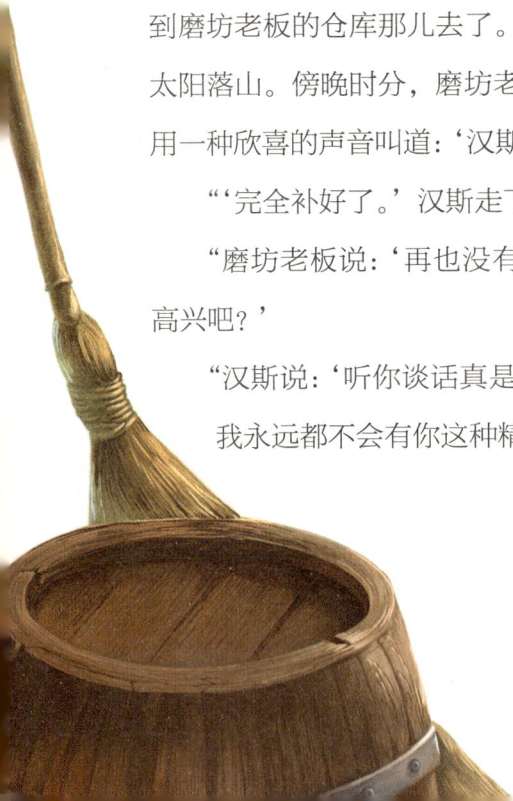

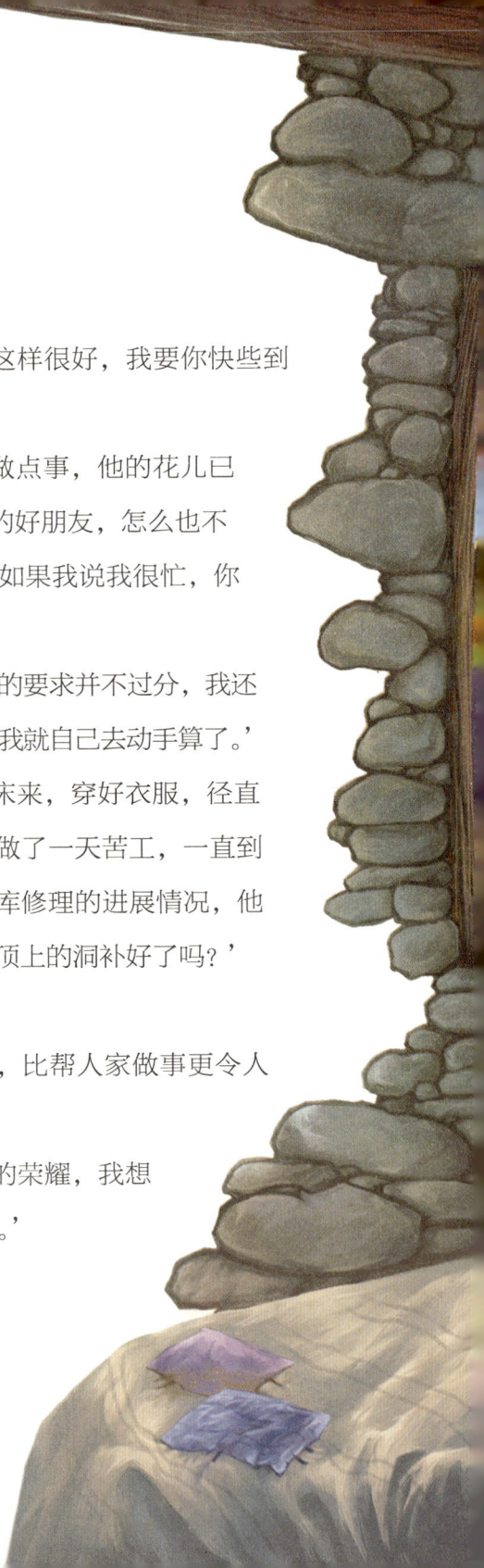

"磨坊老板说：'你一定会有的，只是还应该多吃些苦罢了，如今你正在对友谊进行实习，不久你也会有友谊的理论。'

"汉斯问：'真的吗？'

"磨坊老板答道：'当然，不过现在屋顶已经修好，你就早点回去睡觉吧，因为我明天还要请你帮我把羊赶到山里去。'

"可怜的汉斯什么也不敢说。第二天早晨，磨坊老板把羊赶出来，汉斯就同羊一齐去到深山里，往返又花掉他一天的工夫，回到家疲倦极了，倒在床上呼呼睡去，直到次日接近中午才醒。

"'每当看到我的花园，我就高兴极了！'他微笑着，立刻就去干活。但从此之后，他依旧不能时常看管花木，因为磨坊老板总是来找他做许多极费时间的事情，不然就叫他到磨坊里去帮忙。汉斯苦恼极了，生怕那些花木以为自己忘了他们。他拿磨坊老板是自己的好朋友来安慰自己，常常说：'作为好朋友，他要把小车送给我，这完全是一种豪爽的行为，我不应该有任何不满！'因此汉斯就不停地帮磨坊老板做事，磨坊老板也讲了各种关于友谊的漂亮话，汉斯还把这些话用笔记下来，每晚拿出来读，他是个非常好学的人。

"一天傍晚，汉斯正坐在火炉边上，忽然传来一阵很急促的敲门声。那天夜里天气很糟糕，大风在户外狂吹怒吼。起初他还以为仅仅只是风声，但不多时又响起第二次、第三次，一次比一次敲得响。

"'肯定是可怜的过路客。'汉斯对自己说，跑到门口去看。原来站在那儿的是磨坊老板，一只手提着一盏灯，另一只手拿着一根粗木棍。

"磨坊老板叫道：'亲爱的汉斯，我真倒霉，小儿子从梯子上跌下来，摔伤了，我要去请医生。但是医生住得很远，今晚天气又坏，刚才想到若你替我跑一趟，比自己去好一些。你知道，我要把小车送给你，所以你应当报答我，为我做一点力所能及的事。'

"汉斯叫着：'当然啦，我非常喜欢你来找我，我立刻就去好了。但是你得把灯借给我，今晚这样黑，我担心跌到沟里去！'

"磨坊老板说：'很抱歉，这是我最近才买的新灯，如果有什么意外，那将是我很大的损失。'

"'好的，没有关系，我不用灯也行！'汉斯这样说。他把皮大衣穿上，戴好红色的暖帽，还在脖子上扎一条围巾，就立刻动身去请医生了。那是多么可怕的风暴啊！路上黑得汉斯什么也看不见，风大得连站立都很艰难，但是他很勇敢，大约三个钟头的工夫就到了医生家里，连忙敲门。

"医生叫道：'是谁呀？'接着把头从卧室的窗口伸了出来。

"'医生呀，我是汉斯！'

"'汉斯，你有什么事？'

"'磨坊老板的儿子从梯子上跌下来摔伤了，他请你过去治伤。'

"'好吧！'医生说着，穿上大皮靴，点灯走下楼来，然后骑马往磨坊那儿赶去。汉斯慢慢地在后面跟着。

"暴风肆虐，大雨倾盆，天气越来越恶劣，汉斯简直看不见眼前的道路，更是跟不上前面医生骑的马。最后，他迷路了，来到一片沼泽湖边。那地方非常危险，四处都是深穴，汉斯不小心落下去，淹死在那儿了。

"第二天，有几个牧羊人发现他的尸体漂浮在湖面上，就把他抬回了草屋。

"乡亲们都很喜欢汉斯，人人都来参加他的葬礼，而磨坊老板则是最主要的哀悼人。磨坊老板说：'我是他最好的朋友，所以我应当占据最好的位置。'他穿着一件黑长衫，走在送葬人的最前面，时时都用手帕擦着眼睛。

"葬礼完毕，众人安坐在栈房里，一面喝香酒，一面吃甜糕，其中有一个铁匠说：'汉斯的死，对我们来说是莫大的损失。'

"磨坊老板说：'无论如何，于我的损失最大。唉！当初要把小车给他多好，现在我真不知拿它如何处置了。我家里东西多着呢，这车子破得不像样，拿去卖也值不了什么钱，看来以后应该小心一些，别再送给人家东西，豪爽总是让人倒霉。'"

故事讲完之后，隔了好一会儿，老水鼠才不可思议地问："怎么，就完了？"

梅花雀说："是啊，完了！"

老水鼠问："磨坊老板后来有什么下场呢？"

"这个，我不知道，"梅花雀说，"我不太愿意关注这些事。"

老水鼠说："这是因为你天性缺少同情心。"

梅花雀说："我怕你还没有明白这故事的教训呢！"

老水鼠叫道："你说什么，教训？"

"教训！"

"你的意思是说，这故事有什么教训吗？"

"当然呀！"

"好吧！"老水鼠怒道，"我想你应该在说故事之前先告诉我这些，如果你早告诉我，我一定不会听你的。说真的，我应该像某些批评家一样说声'呸'，不过现在说也一样。"于是他"呸"地大叫一声，摇摇尾巴，钻进洞里去了。

母鸭几分钟后游了过来，问道："你喜欢这只老水鼠吗？他有许多

优点，不过我以做母亲的心理，看着这样一个顽固的单身汉，实在是
有些悲伤，忍不住要流下眼泪。"

　　梅花雀回答说："我恐怕得罪他了吧，因为我同他讲了一个含有教
训的故事。"

　　母鸭说："呀，这的确是很危险的事！"

　　我完全赞同她的话。

chapter 04

· 驰 名 的 火 箭 ·

王子准备结婚了，人人都露出欢欣的神情，他已经等待新娘一年的时间，如今终于得偿所愿。

新娘是一位俄国公主，坐着六只驯鹿拉的雪车，从芬兰一路而来。那雪车的形状犹如白天鹅，公主坐在天鹅的翅膀之间，身穿长长的貂皮衣，头上戴着一顶银丝织物的小绒帽，脸色苍白得就像她历来所住的雪宫一样。当车从街上经过，人们都对她的肤色感到非常惊奇。

"她真像一朵白玫瑰！"人们这样叫着，然后就从露台上抛些花朵撒在她身上。

正在城门口迎接她的王子生着一双梦幻似的紫色眼睛，头发犹如纯金一般。他见公主到来，单膝跪在地上，吻着她的手。他喃喃说道："你的画像美极了，但本人比画像更漂亮。"说完，小公主的面颊一片绯红。

一个小仆人对他身边的人说："公主先前像一朵白玫瑰，现在却像一朵红玫瑰了。"宫廷里的人听到这句话，个个都十分欢喜。

后来三天里，几乎人人都在说着："白玫瑰，红玫瑰，红玫瑰，白玫瑰。"于是国王下令给那个小仆人加双倍薪俸，只是小仆人以前根本没有薪俸，奖励对他来说依旧一无所有。但人人都认为这是极大的光荣，照例登在"公报"上面加以颂扬。

三天过后，婚礼正式开始。

这是一场盛大的典礼，新娘、新郎手挽着手，在绣着小明珠的紫绒华盖下走着，大宴欢饮达五小时之久。王子和公主坐在大厅的首位，用漂亮的水晶杯子对饮。只有真正相爱的人才能用这种水晶杯子喝酒，

若是虚假的爱人，嘴唇一触碰到它，它就会立刻变成灰色，永远失去清亮的光彩。

小仆人说："他俩确实非常相爱，犹如水晶一样分明！"国王又给他加双倍薪俸，臣仆们无不叫着："多光荣呀！"

欢宴过后，接着是舞会，新娘、新郎一起跳玫瑰舞，国王亲自吹笛子助兴。他吹得很难听，但没有谁敢说他吹得难听，因为他是国王。的确，他只知道两个乐谱，这时吹的那一曲，最是让人莫名其妙。但没关系，只要是他吹的，人人都叫着："妙呀！妙呀！"

节目单上最后的活动是放烟火，要到半夜时分才举行。小公主从来没有看过烟火，所以国王命烟火师在今晚专门为她表演这个节目。

早晨，小公主正在庭园中散步，向王子问道："烟火是什么样儿呀？"

国王向来喜欢替别人答话，当下插嘴说："烟火就像北极光那样，

只是更自然一些，我拿它们比天上的星儿，有机会你欣赏一下就知道了，犹如我吹的笛子乐曲一样美妙，你到时一定要看看不可！"在御花园后面，早早就竖起一个高架，皇家烟火师刚把一切安排好，烟火们就谈起话来了。

一个小鞭炮叫着："世界真的很美丽呀，看看这些郁金香，嘿嘿！如果他们也变成真的爆竹，就不会这样可爱了。我很高兴能够经常去旅行，旅行能使人思想进步，并打消一个人的所有成见。"

一个大柳花烟火说："你这傻小子，御花园才多大，世界大着呢，三天的时间都不一定能逛得完！"

"不论什么地方，只要你爱它，它便是你的世界。"一个伤感的旋转烟火说。她年轻时爱过一个旧杉木匣子，现在常常以失恋自许。她接着道："不过如今爱已经不时髦了，诗人已经把它抹杀。他们不停地写着爱，泛滥成河，于是人们再也不相信爱了。我也不觉得惊异，真正的爱人多是痛苦的、沉默的，记得曾有一次——不过现在已没有说的必要，再浪漫的情史都会成为过去。"

"荒谬！"柳花烟火说，"浪漫是不会死的，它像月亮一样永恒存在，例如这对新婚夫妇，他俩就非常相亲相爱。今天早晨有个棕色纸做的火药筒，把他们的事情详细地对我说了，他刚好跟我同住在一个抽屉里头，知道许多最近宫廷里的新闻。"

但是旋转烟火只是摇头。"浪漫早死了，浪漫早死了，浪漫早死了！"她喃喃地说着，以为把一件事重复许多遍，那件事就能成为真理似的。

突然间，一声干咳响起，大家赶紧转头四下张望——那是一个傲慢的高大火箭发出的声音，他的身子被捆在一根长棍上。他想要表达自己的意见，故意干咳几声，以便引起大家的注意。

"喂！喂！"火箭说。人人都竖起耳朵倾听，唯有那可怜的旋转烟火仍摇着头，继续喃喃道："浪漫早已死了。"

有一个爆竹叫了起来："秩序啊！秩序啊！"他是政客一类的人，常在各地方选举中活动，所以学会了那套国会派的口气。

"早就死光了！"旋转烟火这样低语着，就睡觉去了。

正当完全沉寂无声的时候，火箭又响起第三声咳嗽，开始说起话来。他说话时慢条斯理，字音咬得十分清晰，似乎在背诵什么东西，一面说还不时地看看大家的表情。的确，他的举止非常出众。

他说："王子的运气真是太好了，婚礼竟然刚巧在我燃放的这天，若这都是预先安排好的，那他真是命运的宠儿啊！"

"啊，老天爷！"小鞭炮说，"我的想法完全不同，我觉得我们是托王子的福，才最终得以燃放呢！"

火箭道："在你或者是这样，我也不怀疑，只是在我则完全不同。我是个驰名的火箭，祖上就很有名气。我母亲是当时最出色的旋转烟火，她的舞姿优美，在人前献技可以旋转九次才冲上天空，而且每旋转一次，就会在空中洒下七个紫色的星花。她的直径有三尺半，是用最上等的火药做的。我父亲是一个像我一样的火箭，有着尊贵的法国血统，他飞得高不可及，人们都怕他再也不会落下，但他天性善良，依然会洒下许多极漂亮的金雨。报纸上的评论用许多献媚的词句来记录他的表演，王宫里的'公报'还称赞他烟火术已达到大成的境界。"

"烟火，你是说烟火吧！"一个蓝色烟火说，"我知道是烟火，因为我看见自己的火药包上是这样写的。"

火箭用一种严肃的口气说："是的，我说烟火！"

蓝色烟火感到深受凌辱，于是马上去欺负旁边的小鞭炮，表示他仍不失为重要角色。

火箭继续说："我在说，我说——我在说什么呀？"

柳花烟火说："你在说你自己的事。"

"对，想起来了，我知道我正在讨论一个有趣味的话题，就让人很无礼地打岔了。我最恨无礼和鲁莽这一类的事，因为我很敏感。我敢说，世间再没有人比我更敏感了。"火箭气愤地道。

爆竹对柳花烟火说:"敏感的人是怎样的?"

柳花烟火低声回答:"是脚上生着鸡眼,喜欢踩别人脚趾的那种人。"爆竹忍不住大笑起来。

火箭问道:"喂!你笑什么?我都没有笑。"

爆竹说:"我笑,因为我高兴。"

"这理由太自私了,"火箭说,"你有什么权力高兴?你应该想着别人,至少,也得想着我。我就时常想着我自己,希望人家也对我这样,这便是所谓的同情,一种很好的品格,我做得十分完美。例如,若今晚我出了什么事情,对大家来说将是很不幸的,王子与公主也不会再快乐了,他们的婚姻生活也从此受到破坏。至于国王,我晓得他当然也受不了,真的,我只要想到自己是如何重要,就忍不住要潸然泪下。"

柳花烟火叫起来:"如果你想给别人快乐,最好还是别哭,免得把自己的身子弄湿了。"

蓝色烟火这时心情好了,也大叫起来:"的确,这是很简单的常识。"

"的确是常识,"火箭怒气冲冲地说,"可你忘了我是个卓尔不群、出类拔萃的人。无论是谁,只要是没有想象力的,就得有常识。可是我有想象力,因为我从不照着事物的真相去理解它们,我老是把它们当作完全不同的事物来想象。至于说不要流眼泪,很明显,这里没有一个人是能够欣赏多愁善感的，幸而我自己并不介意，只有想着任何人都比我差，靠着这个念头，一个人才能够活下去。我平日培养的就是这样一种感觉。你们全是没有心肠的，你们只顾着开玩笑，好像王子同公主刚才并没有结婚似的。"

"真是的！"一个发光的气球叫道，"为什么不这样呢？这正是最快活的时候呀！我飞上天去一定会告诉星儿，你看好，当我同他谈那漂亮的新娘时，星儿一定闪闪发亮！"

"啊，多浅薄的人生观！"火箭说，"但我早料到是这样的，你只不过空空一无所有罢了。你应该像这样想：或许王子和公主都去乡下住，或许那儿有一条深深的河，或许他们只生了一个儿子，像王子一样有着美发紫眼的儿子，或许哪天他同保姆出去散步，保姆跑到大树下睡觉，或许那孩子就落在河里淹死了，这该是多么不幸啊！可怜人，连唯一的儿子都失去了，真是太可怕了，我肯定承受不住。"

柳花烟火说："但是他们并没有把儿子失去呀，也并没有什么不幸。"

火箭说："我并没有说他们有什么不幸，我只是猜测他们将来可能会出现不幸罢了，如果他们已经失去儿子，再说什么也没用。我最恨那些泼了牛奶再来哭的人，但是我每想到他们或许会失去唯一的儿子，就难过得无以复加。"

蓝色烟火叫道："你的确是这样的，的确是，我从来没有见过像你这样容易感动的人。"

火箭说："我从来没有见过像你这样鲁莽的人，你不明白我同王子的友谊。"

"得了，你根本不了解他。"柳花烟火叫了起来。

"我又没有说我了解他！"火箭道，"我敢说，如果我了解他，我就不会做他的朋友了。了解朋友，是一件非常危险的事。"

发光气球说："你最好把自己的身子弄干燥一点吧，这是很重要的啊！"

"我相信，这件事于你倒是很要紧的，"火箭说，"但是，如果我喜欢哭，还是要哭的。"说完他就真的哭起来，泪水像雨点似的从身子上直流而下，几乎把两个小甲虫淋湿了。小甲虫正想找个干燥的地方，一起营造住宅。

"他有一种真正的浪漫精神，因为他可以在那儿毫无理由地乱哭。"旋转烟火说，她又叹了口长气，想着那杉木匣子。但是柳花烟火和蓝色烟火却气极了："笨蛋！笨蛋！"他们一齐用力叫着。他们素来是很实际的人，无论什么事情，只要他们不赞成的，他们都说是"笨蛋"。

安静的天空中月亮升了起来，活像一个银色的贝壳，星儿也趁机

放出亮光。宫中传来一阵音乐声，王子与公主在人群中开始跳舞。他们优美的舞姿，就连高高的白色水仙花儿也忍不住在窗口偷瞧，红色的玫瑰花也在点头打着拍子。

十点，十一点，十二点，到了午夜，国王把烟火师叫到跟前。"放烟火吧！"国王命令道。

烟火师深深鞠了一躬，来到后花园。

他有六个手下，每人手里拿着一个长火把。

这的确是非常壮观的场面。

呼！呼！旋转烟火一路旋转着去了。砰！砰！柳花烟火也去了。跟着小鞭炮天女散花，四处飞舞开来。而蓝色烟火使一切都变成了蓝色。再会吧——发光气球叫着飞上了天，撒下许多红色的小花来。噼里啪啦——爆竹们搭着腔，正玩得起劲。除了驰名的火箭，人人都成功了。

火箭哭得一塌糊涂，全身湿透，再也飞不上天了。他全身最好的是火药，现在火药全被眼泪淋湿，一点用处也没有。那些他平日不屑跟他们说话的穷亲戚，现在也都飞上天空，犹如一片开着金花的玫瑰。

"好呀！好呀！"宫廷的人都这样叫着，小公主也高兴得笑个不停。

火箭暗自说："我想他们大概是想用我来压轴，等最热闹的时候请我出马，一定是这样的。"他因此更得意了。

第二天，工人来收拾园子，火箭说："这一定是个代表团，我要摆点架子才好。"他把鼻子故意翘起来，然后皱着眉头，仿佛在想什么了不得的大事。但是工人根本没有注意到他，直到离开时，才有一个人发现他。"原来是一根坏了的火箭！"于是顺手就把他掷过围墙，向臭水沟落去。

"坏火箭？坏火箭？"他自言自语道，"不可能！大火箭，他一定是说大火箭。'坏'和'大'的发音差不多，的确，有时简直一样！"说完就跌进了污泥里。

"这儿很不舒服，但无疑这是一套时髦的海滨别墅，他们是送我来休养的。"火箭心想道，"我的精神有些不好，需要休养一下才行。"

一只生着绿宝石般的眼睛，穿着绿斑衣的青蛙游到他面前。

"我看，这是一位新来的客人呢！"青蛙说，"任什么人也不会喜欢污泥的，下点雨，有个池塘给我，我就快乐了，你看下午会下雨吗？我当然希望它下，不过天这样青，一点云也没有，真糟透了！"

"啊哼！啊哼！"火箭刚想说话，就咳嗽起来。

青蛙叫了起来："你的声音真不错啊，就像蝈蝈的叫声，蝈蝈的声音是世间最好的音乐，晚间你可以来听我们的音乐演奏。我们住在农夫屋边那个鸭池里，月亮出来的时候，我们就开场了。那才真迷人呢，人人晚间都会睡在床上听我们唱歌，昨天我才听见农夫的老婆对他说，因为我们，她夜里一点也睡不着觉。一个人能这样驰名，真是令人高兴的事情啊！"

"啊哼！啊哼！"火箭怒气冲天，一句话也插不进去，真是气极了。

青蛙继续说："的确是一种好听的声音，我希望你到鸭池那边去玩，我要看我的女儿去了。我有六个美丽的女儿，怕她们遇着梭鱼。梭鱼完全是个大恶魔，一定会把她们当作早餐吃掉。再会吧，我同你谈得非常愉快！"

火箭说："这是谈话吗？一直都是你在说，我一句都没插上。"

青蛙回答："在交流中，有的人本来就应该负责倾听，我喜欢自己不停地说，这既节省时间，又免得发生争论。"

火箭说："但是我喜欢争论啊！"

青蛙很得意地说："我希望你别这样，争论是很没风度的行为，在上流社会里，人人的见解都是一样的。再说一次'再会了'，我到那边看我女儿去了。"说完青蛙就游走了。

"你真是个讨厌的人，"火箭说，"并且教养相当不好，我最恨你这一类人，像我这样，人家明明想讲讲自己，你却喋喋不休地拼命讲你的事，这就是所谓的自私。自私是最叫人讨厌的，尤其是对于像我这样的人，因为我是以富有同情心出名的。事实上你应该以我为榜样，学学我，你再也不能找到一个更好的榜样了。你既然有这个机会，就得好好地利用它，因为我马上就要回到宫里去了。我是宫里非常得宠的人，事实上昨天王子和公主就为了祝贺我而举行婚礼。当然你对这些事一点也不知道，因为你是一个乡下人。"

一只蜻蜓坐在棕色芦苇尖上，说："同他谈话是没用处的，因为他已经早没踪影了。"

火箭说："这是他的不是，不是我不好，我不能因为他不留心就不对他说。我喜欢自言自语，这是令我非常高兴的一件事。我常常自己对自己进行很长久的谈话，我太聪明了，有时讲的话自己一句也听不懂。"

"那么你应该去教授哲学。"蜻蜓说完，就展开一对薄纱似的翅膀，飞到天空中。

"他不留在这儿，真是愚蠢啊！"火箭说，"我敢讲，他从来没有得到这种受教育的机会，但我不在意，像我这样的天才，终有一天会被人了解的。"说完他在污泥中陷深了一些。

过了一会儿，一只大白鸭游到他面前。她生着一双黄色的腿，两只有蹼的脚，走起路来摇摇摆摆。因为她走路的姿势风韵十足，人们都称她是一个绝世美人。

"嘎！嘎！嘎！"她说，"你的样儿真奇怪，你是怎么生出来的？怎么会是这个样子呢？"

"你就是个没见过世面的乡下人，"火箭说，"否则你不会不知道我是什么人，不过我可以饶恕你的愚昧。你听我说，我能飞上天空，洒下许多漂亮的金雨来，使你觉得非常惊讶。"

鸭子说："我倒不看重这些东西，因为我根本不明白这于人有什么用，若你能同牛一样耕田，像马一样拉车，跟狗一样守家，那还有点意思。"

火箭用一种极傲慢的声音叫道："我的朋友，我看你就是个下等人，像我这样地位显赫的人是从来不讲什么用处的，我们有许多特别的技能，那就足够了。我对实业没有什么兴趣，至少对你所说的那些实业看不起。我历来的意见就是这样，苦工只是无事可做的人的避难所。"

鸭子性情和善，素来不同人争吵，她说："好的！好的！各人有各人的志向，无论怎样，我想你是准备长住在这儿的吧。"

"啊，不是！"火箭叫道，"我只是一个旅客，一个尊贵的旅客罢了。事实上我已觉得这地方讨厌了，这儿既不热闹，又不安静，就像荒郊野外一样。我就要回王宫里去了，因为我的命生来就是要在世间做点惊人事业的。"

鸭子说："我从前也有一次想服务社会，社会需要改革的事物太多了。前不久我做过一次议会主席，我们通过决议反对一切不喜欢的事情，然而那些决议好像并没有多大效果。现在我专心料理家事，照管我的家庭。"

"我天生就是做大事的，"火箭说，"我的亲友们，包括那些很低贱的都是这样。只要我们一出来，马上就能引起人的注意。我自己还从来没有出过马，但如果我出马，必定受人拥戴。至于家事，它会使人加快衰老，让人分心，忘掉更高尚的理想。"

"啊，远大的理想，多妙啊！"鸭子说，"这使我想起肚子已经饿了。"说完又叫着"嘎！嘎！嘎！"泅到下游去了。

"回来！回来呀！"火箭说，"我还有许多话要对你说呢！"但鸭子理也不理他，火箭只有自言自语："走了也好，她没有远大理想，心思实在太平凡了！"说着他又在污泥里陷深了一些。

这时候，突然有两个穿白衣的孩子，手里提着一把水壶，还有木柴，跑到沟边来了。

火箭说："这一定是接我的代表来了。"他又装出神气活现的样子来。

"喂，你看这根脏棍子，是从哪儿来的呀？"有一个孩子叫道，把火箭从沟里拾了起来。

"脏棍子？不可能！"火箭说，"他一定是说金棍子，'金'与'脏'的发音也很像，说金棍子倒很有礼貌，他一定把我错看成宫里的大官了！"

另一个孩子说："我们把它放在火里，多一把火烧水也好。"因此他们就把木柴架起来，把火箭放在上面，点着了火。

火箭说："这真不错，他们在白天让我走，这样人人才能看见我。"

"我们现在去睡吧，醒来水就开了。"两个小孩躺在地下，合上了眼睛。

火箭很湿，烧了很久才燃着。

　　"现在我要走了！"他伸直了腰，"我知道我飞得一定比星儿还高，比月亮还高，比太阳还高。真的！我要飞得很高，那么——"

　　嘶！嘶！嘶！他冲上了天空。

　　"有趣啊，我永远都要这样，这是多么地成功啊！"他高兴地说。

　　但没有一个人看见他。

　　这时，他觉得浑身奇痛起来。

　　"现在我要爆炸了，"他叫道，"我要轰动全世界，让人们在一年之内都不再讨论别的事情。"砰！砰！砰！火药燃了，毫无疑问的，他真的爆炸了！

　　但没有一个人听见，就连那两个孩子，也在熟睡中没有醒来。

　　爆炸结束，现在他只剩下一根棍子，落了下来，正巧打在沟边散步的鹅背上。鹅叫起来："老天爷不下雨，却下起棍子来了。"说完立刻钻进了水里。

　　"我知道，一定会一鸣惊人的！"火箭喘了一口气，完全熄灭了。

chapter 05

·少年王·

在行加冕礼的前一天晚上，少年王独自坐在华丽的卧室里。朝臣都向他低身鞠躬后退了出去，按照历来行加冕礼的惯例，一齐到王宫大厅听礼仪教授演讲。他们中有许多还不是很懂宫廷礼仪，作为朝臣而不懂礼仪，这自然是不可理喻的事。

那孩子（他的确是个孩子，目前才十六岁）看见他们走开，也并不觉得难过，只是长叹一声，把身子往后一靠，倒在一张绣花大椅上。他躺在那儿，眼睛张着，嘴唇微启，活像一位树林里半羊半人形的牧神，又像一只才被猎人捉住的森林小野兽。

老国王独生女的儿子，是同一个出身卑贱的人偷养的—— 有人说，是个异乡人，靠魔法的笛音，使公主爱上了他；又有人说，是个里米尼的艺术家，公主待他十分殷勤，或许是太殷勤了，突然在城里失踪，连礼拜堂的壁画都没有完成。

　　他生下来才满七天，就在母亲睡着的时候被人偷偷抱走，送给了一位牧羊人的妻子。那户人家没有孩子，住在很偏远的森林里。至于公主，在不久就死了。据王宫里的医生说，有可能是气急而亡，又据别人猜测，有可能是用一种掺在香酒里的意大利毒药，在醒来的一小时内毒死的。一个忠仆把婴儿载在鞍轿上，当他从倦马上下来，弯腰去敲那户牧羊人家门的时候，公主的尸身已埋葬在荒地掘好的坟墓里。那坟在城外，据说里面还葬着一个人，是个极漂亮的青年，双手被反捆在背后，胸部还有许多伤痕。

　　至少，以上所述的是许多人常常谈论着的话。那老国王在临死的时候，或许是良心发现，觉得过去实在罪大恶极，或许是为了皇室永传一家，就把那孩子找回来，在朝廷上公布他为自己的继承人。

　　孩子被找回宫后，立刻就表现出爱美的热情来，这种热情注定要影响他的一生。据那些陪伴他进宫的人说，当他刚看见那些为他预备的衣服珠宝，就欢喜得叫起来，似乎已经忘乎所以，立刻就把穿在身上的皮袄、皮褂脱了下来。不过有时他的确也想念从前那种悠然自在的山林生活，繁重的宫廷礼节经常占据他很多的时间，这常常使他感到厌烦。但这座富丽堂皇的宫殿（人们称它作"欢乐宫"，他现在是它的主人了），似乎对于他来说又是一个新世界，只要他能从会议厅或朝驾殿里逃出来，就会立刻跑下那两边立着铜狮的云母大石梯，从一间屋子走到另一间屋子，从一条走廊走到另一条走廊，好像要从里面寻找一副止痛药，或者一种治病的仙方似的。

他把这称之为一种探险——的确，这对于他来说是异地的旅行。陪伴他的是一些瘦小的美发宫仆，穿着飘动的外衣，系着漂亮的缎带，但多数时间是他一个人。他以一种直觉或者先知预卜般的能力，觉得艺术最好是秘密地去追求。美犹如智慧，喜欢那些孤独的崇拜者。

这个时期流传着很多关于他的古怪的故事。据说有位邑长代表人

民来演讲，昧着良心说了一番歌功颂德的话，他很虔敬地跪在一幅由威尼斯买来的画面前，神情犹如朝拜天神。又一次，他失踪好几个钟头，经过长久搜寻，才发现他在宫内北方小塔的屋子里，犹如丢了魂似的，呆看着一尊由希

腊宝石镶成的阿多尼斯^①雕像。据传闻，当时他把嘴唇紧压在这尊雕像的眉毛上。这尊雕像是在河边修桥的时候发现的，上面还刻着哈德良^②的比提尼亚^③奴隶的名字。他还花了整夜的工夫，去观察月光照在恩底弥翁^④银像上的奇异景象。

各种稀有值钱的东西对他都有很大的吸引力，为取得这些东西，他派出不少商人四处搜寻。有的到北海边，同渔夫做琥珀交易；有的到埃及去找青宝石，这种宝石只有皇墓中才有，价值连城；有的到波斯去买丝织地毯以及花陶器；有的到印度去买薄纱、红象牙、透明石、玉珠、檀香木、蓝珐琅和上等羊毛围巾。

但最让他劳心的要算加冕那天穿的袍子，金丝织成的袍子，红宝石镶成的王冠，珍珠串联而成的权杖。的确，今晚靠在华丽的躺椅上，双眼望着火炉中渐渐燃烧成灰烬的松木柴，想的便是这些。衣服的图样是由最著名的艺术家绘制的，几个月前已经呈给他看过。他当时就下令叫工人日夜加点赶工，还指派专员到全世界找寻配得上它的珠宝。

---

① 阿多尼斯：美神维纳斯所爱的美少年。
② 哈德良：罗马皇帝。
③ 比提尼亚：古国名，在小亚细亚北部。
④ 恩底弥翁：西方月神钟爱的美少年。

他在幻想中，见自己穿着华丽的王服，站在礼拜堂的高祭坛前，孩子气的嘴角边流露出微笑，深黑的眼睛里，闪动着尊贵的光辉。

隔了一会儿，他站起身来，靠在火炉的雕花护栏上，看着四面光线阴暗的屋子。壁上挂着华丽的帷帐，代表美之胜利。一个角落里，放着一架镶着玛瑙和蓝宝石的印字机。对着窗口的地方，有一个箱子，装着金粉涂的镜板，上面放着一些维尼丁琉璃以及黑纹碧玉制成的杯子。床毯上绣着一些花，好像随手抛在上边似的。丝绒华盖上镶着象牙雕成的芦苇草，上面插着一把鸵鸟羽毛，一直触到平整的银天花板。一个青铜的笑菩萨头上，顶着一面光滑的镜子，桌上放着一只紫水晶的碗。

窗外，他可以看见教堂那高高的楼顶耸立在阴暗的天空里，像虚幻水泡似的一层层堆积着。疲乏的哨兵，在夜雾笼罩的河边来回蹀着散乱的步子。远处的花园里，有夜莺的叫声，一阵阵茉莉花香从窗口吹进来。他把棕色的卷发梳在头后，顺手拿起一支笛子，手指便在笛孔上面起伏着。接着他沉重的眼皮垂下来了，浑身开始疲倦。在以前，他从来没有这样亲切或这样愉快地感觉到美的东西的魔力与神秘。

钟楼敲响午夜钟的时候，他的宫仆进来，很有礼貌地为他脱去外衣，洒些玫瑰香水在他手心里，枕边也为他放了一些花儿。几分钟后，他们离开房间，他就睡着了。

睡着后他做了一个梦：

他觉得自己站在一间矮小的房子里，房子里有许多织布机呼噜呼噜地响着，暗淡的日光从铁窗口射进来，几个弯着腰做事的织工面容清瘦。神色苍白、病态毕现的孩子们弯着腰坐在机车前，当梭子穿过丝线，他们便把沉重的压板拉起来，当梭子停下来，又把压板放下去，将丝编织在一起。这些人脸上都露出饥饿的神情，手也战栗无力。还有许多憔悴的妇人坐在桌边缝衣裳。屋里有一种怪气味，空气混浊，墙上满是污秽潮湿的斑痕。

少年王走到一个织工面前，站在他身边看他。

织工愤怒地瞪了他一眼，说："你看着我干吗？你又是主人派来监视我们的密探吧？"

少年王问："你们的主人是谁？"

"我们的主人？"织工很悲伤地说，"他也是同我们一样的人，不过，也有不一样的地方——他穿着华丽的衣裳，我们穿着破烂的碎布；我们饿得快要死了，他家里却酒肉太多，正嫌臭着呢！"

少年王说："这地方是自由的，你们又不是别人的奴隶，为什么还要待在这里？"

织工答道："战争时，强者就要弱者做奴隶。和平时代，有钱人就要穷人做奴隶。我们非做工不可，因为我们要生活下去。但他们只给那点儿可怜的工资，我们只有死路一条。我们成天为他们辛苦地工作，金子却都堆在他们的柜子里。我们的孩子，不到成年就夭折了。我们所爱的人的面容，也都变得憔悴不堪。我们用双手辛勤地榨出葡萄汁，可最后喝酒的却是别人。我们汗流浃背地播种稻谷，而家里一粒米都没有。我们是在戴着枷锁，虽然肉眼看不见。我们都是奴隶，不管别人说我们有着怎样的自由。"

少年王问："个个都如此吗？"

织工答道："个个都是如此，无论年轻的还是年老的，女的还是男的，未成年的孩子或是饱受生活打击的成人，都是如此。商人压榨我们，我们不得不听从他们的指挥。牧师只会数着念珠面无表情地从我们身边经过，从来不曾理过我们。我们的道路上没有太阳，'贫穷'睁着一双饥饿的眼睛爬进我们的家门，'罪恶'就紧随在它的身后。早晨惊醒我们的是'苦难'，夜里陪伴我们的是'羞辱'，但这些于你有什么关系呢？你跟我们不是一个世界的人，从你的脸色就能看出，你生活得非常优越。"他怒冲冲地把脸转过去，又在机器上抛着梭子，少年王这才看见上面全绕着金线。

他惊恐极了，连忙对织工说："你们织的这件衣服是给谁的？"

织工答道："是少年王加冕时穿的，于你有什么关系呢？"

就在这时，少年王大叫一声醒来。啊！他仍在卧室里，窗外蜜色的月亮正挂在迷雾般的夜空中。

他立刻又睡着了，另一个场景进入他的梦乡：

他觉得自己坐在一艘大木船的甲板上，由数百个奴隶摇桨行驶。船主坐在他身边的一张地毯上，全身漆黑犹如乌木，头布是鲜红色的丝巾，大银耳环挂在耳垂上，手里拿着一杆象牙秤。

奴隶们有的赤裸着身体，只围着一块腰布，一对一对地被锁链套住。他们不顾风吹日晒，在梯口奔忙着。一些黑人在过道上跑来跑去，皮鞭不时地落在他们身上。他们伸出枯瘦的双手，在水中划着重大的桨，水花从桨上溅起来。

后来，他们到了一个港湾，开始测量水深。岸上吹来一阵微风，船上面便铺满一层厚厚的红土灰。三个骑着野鹿的阿拉伯人用长枪投过来。船主拿出一支花箭，射中一个的咽喉，他落在浪里，其余的便逃走了。一个戴着黄面纱的妇人，骑在骆驼背上慢慢走过去，不时回过头来看那具尸体。

他们抛了锚，停了船，马上就进入船舱，拿出一架绳梯来。绳梯下面挂着极重的铅锤。船主把绳梯放下，系在两根铁柱上面。黑奴们就把最年轻的一个奴隶抓住，解开锁链，用蜡油封住耳鼻，还在他的腰部系一块大石头。他慢慢爬下绳梯，就沉到海底去了。沉下去的水面，浮上几个气泡，奴隶中间有几个很稀奇地瞧着。船头上，又有一个赶鲨鱼的人，在很单调地打着鼓。

隔了一会儿，下水的人上来了，他紧紧攀住绳梯，右手拿着一颗珍珠。黑奴们一把将珍珠抢了过来，又把他推下水去，然后就靠在桨上打起瞌睡来。

他又上来好几次，每次上来，必定拿着一颗极好的珍珠，船主把它们一一称过之后，才放进一个绿皮小袋里。

少年王想说话，但舌头紧贴住上颚，嘴唇怎么动也动不了。黑奴们叽里咕噜地闹着，为一颗珠子争吵起来。两只鹭鸶绕着船飞来飞去。

下水的人再一次上来了，这回拿上来的珍珠比奥马兹的一切珠子都珍贵，形似满月，比晨星还要光亮。但他的脸苍白极了，上来之后便立刻倒在甲板上，五官流出鲜血，战栗了一阵，便再也不动了。黑奴们只是耸了耸肩头，便把尸体抛下海去。

船主放声大笑着走过来，才看见那颗珍珠，便拿起来放在额上，鞠了一躬，说："这颗珠子可用在少年王的权杖上。"说完就吩咐黑奴们起锚。

　　少年王听见这句话，大叫一声，便醒了过来。窗外已是晨光熹微，星光逐渐暗淡了。

　　但他立刻又睡着了，做梦了：

　　他似乎在一片昏暗的森林里漫游，森林里到处都生长着奇怪的果子和美丽的毒花。他从蝮蛇身边经过，蝮蛇嘶嘶地叫着。树枝间，鹦鹉一边飞一边嘶鸣，一只巨大的乌龟在炎热的泥水中沉睡，树上尽是猴子和孔雀。

　　他在森林里穿梭，最终走出森林，看见一群人在干涸的河床上劳作。那些人好像蚂蚁

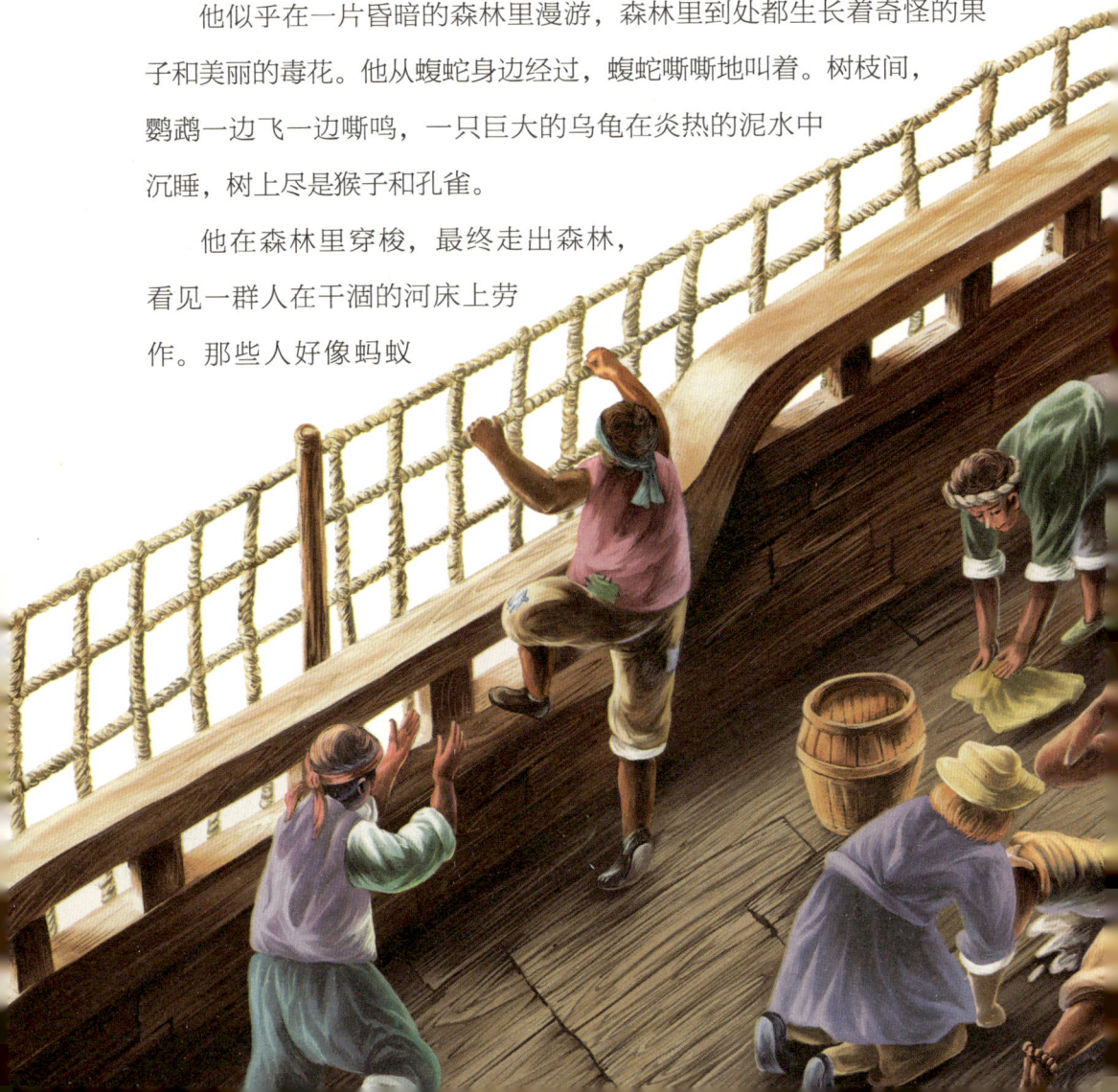

一般地拥上河岸，在地上挖出一个很大的深坑，便爬进去，然后有的用巨斧劈石，有的在泥沙中摸索。他们连根拔起仙人掌，在红花上践踏，忙作一团，推推攘攘，没有一个偷懒的人。

"死"和"贪"在一个暗洞中看着他们，"死"说："我厌倦了，把他们的三分之一交给我，让我走吧！"

但是"贪"却摇摇头，回答道："他们都是我的仆役呢！"

"死"又对她说："你手里拿着什么？"

"贪"说："我有三粒谷子，于你有什么关系呢？"

"死"叫了起来："给我一粒，我拿去种在我的园子里，只要一粒，我就立刻走。"

"贪"说："我什么也不会给你。"便把手藏在衣襟下。

"死"笑了起来，拿出一只杯子放进池水里，然后便把"疟疾"取出来。只见"疟疾"在人群中穿梭，三分之一的人就死掉了。她的身后涌出一阵冷雾，无数的水蛇在她身边围绕。

"贪"见死了这么多人，便捶着胸膛哭泣起来，她敲着贫瘠的胸膛大叫："你杀死我这么多人，你回去吧！鞑靼的山里正有战事，双方的国王都请你快去。阿富汗人把黑牛杀了，也在出兵开战，他们用矛头刺盾牌，身上穿着铁甲。我这山谷不过是个小地方，你不应该在这儿活动，去吧，以后别再来了！"

"死"答说："可以，只要你给我一粒谷子，我就立刻走。"

但"贪"把手更捏紧了一些，咬牙切齿喃喃地说："我决不会给你谷子的。"

"死"又笑了起来，拿出杯子，然后捡一块石头抛到森林里，于是"寒热"便成为火焰，从一丛毒草那儿出来了。她行经群众之间，碰着一个便死一个，所过的草地立刻枯黄。

"贪"战栗起来，拿些灰抹在自己头上，叫着："你真残酷，你真残酷啊！印度许多城市在闹饥荒，撒马利亚的井大多都干枯了，埃及也有许多城市闹饥荒，蝗虫铺天盖地从荒地中飞来，尼罗河也溃决了，教士诅咒着生殖神和判官。你到那里去，把我的仆役留下给我！"

"死"答道："可以，只要你给我一粒谷子，我就立刻走。"

"贪"摇头说："我决不会给你谷子的。"

"死"又笑起来，她用手吹起哨子，只见一个女人就从空中飞来。这女人前额写着"瘟疫"二字，有一群瘦鹰围在她四周。她用翅膀罩住整个山谷，那儿的人瞬间死得一个也不剩了。

"贪"一路叫着，往森林中逃去，"死"便跨上红马，也飞驰而去，比风还快。

山下的泥泞中爬出一些生着爪牙的龙与一些可怕的怪物，徘徊在沙地上，高翘着鼻孔在空中吸气。

少年王哭了："这是些什么人？他们在这儿找什么？"

一个人来到他身后说："找王冠上的玉。"

少年王转过身子，看见一个穿着预言家衣服的人，手里还拿着一面银色镜子。

他脸色发白，问："为哪一个国王呀？"

预言家答道："在这面镜子里，你自己去看他吧！"

少年王望着镜子，看到的是自己的脸，他惊得大叫一声醒了，只见阳光已经洒满屋子，鸟儿已经在花园的树枝上开始唱歌。

这时，御前侍臣和朝中大官都进来参拜他，宫仆把金丝朝服取来，王冠和权杖也放在他面前。

少年王注视着这些东西。的确，它们都非常漂亮，他从来没有见过如此美丽的东西，但是他想起了他的梦，便对臣仆说："把这些东西拿开吧，我不穿了！"

臣仆都很惊讶，有的觉得他在开玩笑，竟然大笑起来。

但他说话的态度很严肃："把这些东西拿去藏起来，别给我看见，虽然今天是我的加冕日，但我仍然不要穿它，因为这件衣服是在'悲愁'的机械上，由'痛苦'的手织出来的。这玉中有'鲜血'，珍珠里有'死亡'。"说完他就把三个梦讲给他们听。

臣仆听了他的三个梦以后，相视低语，都说："他一定傻了，梦终究是梦，幻想也终究是幻想，绝非人应该去关心的事，那些为我们劳苦的人的命运，于我们有何关系？一个人，没见过耕种，就不能吃饭吗？一个人，没见过酿酒，就不能喝酒吗？"

御前侍臣对少年王说："陛下，请您抛开这些恶念，穿上这件王袍，戴上这顶王冠吧！否则您不穿戴国王的衣帽，人们怎知道您是国王呢？"

"真的吗？"少年王看看他，问道，"不穿国王的衣服，他们就不知道我是国王吗？"

御前侍臣叫道："是呀，如果您不穿王袍，他们是永远不会知道您是国王的！"

少年王说："我以为有人生来就是长着国王的样子，你说的或许不错，但我还是不要穿这件王袍，戴这顶王冠，我进宫的时候是怎样打扮，现在我就怎样打扮着出宫去。"

他吩咐他们全部退出，只留下一个仆人陪着他。这仆人比他小一岁，留在身边伺候自己。在清水中沐浴后，他打开一个花橱，把在山上放羊时穿的皮袄、皮裤取了出来，穿好之后，又把赶羊的棍子拿在手中。

小仆人睁大一双蓝眼睛，很惊异地微笑着对他说："陛下，我看见您的王袍和权杖，但是您的王冠呢？"

　　少年王就随手折下一枝露台上的野荆棘，弯成一个圆圈，戴在自己头上。

　　他说："这就是我的王冠。"

　　少年王穿着这身衣服从卧室出来，走到大殿上，那儿早有许多贵族等候着。

　　贵族们见他这身打扮，立刻讥笑起来，有的竟向他叫道："陛下，百姓等着他们的国王，您却要他们去见一个乞丐吗？"许多人也恼怒了，说："他简直是在羞辱我们国家，实在愧为我主。"但他什么也不回答，只往前去，走下云斑石梯，穿过紫铜门，然后就骑上马，向教堂驰去，小仆人在他身后跟着跑。

　　路边的百姓都笑了，并说："骑马去的一定是国王的弄臣。"

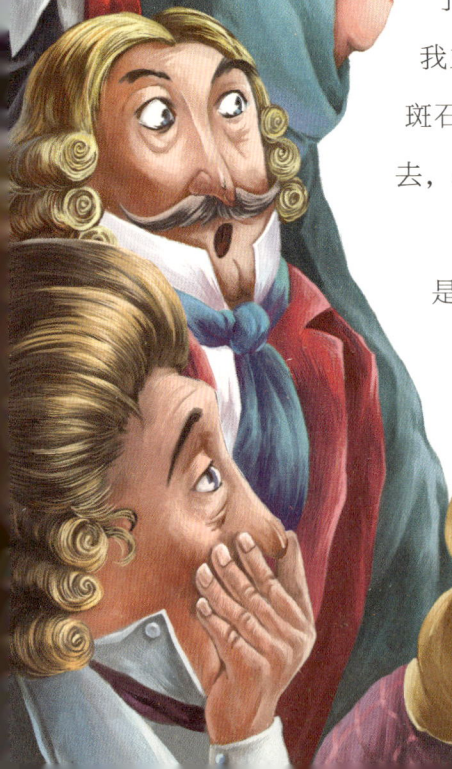

少年王勒住马，便说："不，我就是国王呢！"他又把三个梦讲给他们听。

这时人群中走出一个人，很愁苦地对他说："陛下，您不知道穷人的生活是从富人的奢华中来的吗？我们就是靠您的施舍来活命的啊！

固然替暴主效劳是很不幸的事情，但若没有暴主可依，我们就完全没有了生活来源，其苦更甚。您觉得乌鸦会养活我们吗？对此您有什么解救的办法没有？您会对买东西的人说'你得出这么多钱买下'，又对卖东西的人说'你得照这样价钱卖出'吗？请您速返王宫，衣紫服而来，您根本就不能解决我们的痛苦！"

少年王说："富人与穷人不是兄弟吗？"

那人答道："那个富人兄弟的名字叫恶魔！"

少年王满眼含着泪，在人群的嘶嚷中急驰而过。那小仆人竟害怕得逃了。少年王来到教堂大门前，士兵便把斧戟伸出来挡住他的去路，喝道："你是做什么的？除国王外，任何人不许进来。"

少年王露出怒容，对他们说："我就是国王！"他推开斧戟，大步走了进去。

主教见他穿着牧羊人的衣服，很惊异地从宝座上站起来，来到他面前，说："孩子，这是国王的衣服吗？我用什么王冠给你戴，用什么权杖给你握呢？当然，今天是你应该高兴的一天，但也不是胡闹的一天。"

少年王说道："'快乐'能穿'忧愁'穿过的衣服吗？"又对他讲了那三个梦。

主教听了，立刻皱起眉头，对他说："孩子，我是个老人，在这暮年时期，我知道世间发生着很多恶劣的事情。凶恶的盗匪把小孩子抢去卖给摩尔人；狮子躺在草丛中捕食过路客，猎杀骆驼吃；野熊把山间的稻谷一起连根拔了；狐狸偷吃农田的果树；盗贼横行在海上，焚烧渔船，掠夺渔网；盐地里的麻风病人，住在破茅草屋里，谁也不敢靠近他们；乞丐在城里徘徊，和狗一起抢吃东西。你能使这些事情没有吗？你能和麻风病人同床，和乞丐共坐吗？狮子能听你的命令？野熊能服从你吗？难道那位创造悲苦的'他'不比你聪明？我并不赞成你做这种事，所以你赶紧回宫去，展开笑颜，穿上国王应该穿的衣服，然后我就替你加冕金的王冠，赐你珍珠镶的权杖。至于你的梦，别再想了，这世界的重负，一个人是担当不了的，这世界的烦恼，一个人是承受不了的。"

"你在教堂里说这种话吗？"少年王怒道。他从主教身边走过，爬上祭坛的阶梯，来到了基督像前。

他伫立在基督像前，耶稣的双手里放满了精致的金质器皿以及圣杯。珠宝装饰的神坛上，蜡烛十分明亮，一缕青烟，直升上圆圆的屋顶。他开始叩头祈祷，那些穿着华服的教士走下祭坛，让开了。

突然街上传来一阵喧哗，许多贵族，头上插着羽毛，手里拖着刺刀，有的更拿着钢制的盾牌，一齐走了进来。他们叫着："做梦的家伙

在哪儿？穿得像乞丐的国王在哪儿？羞辱我们国家的人在哪儿？我们要杀了他，他没有资格统治我们。"

少年王又叩头祷告，祷告完毕，才站起身来，很忧愁地看着他们。

看啦，就在这时，一缕阳光从贴满彩色花边的窗口射进来照在他身上，犹如穿上了一件金丝王袍，比定制的那件还要尊贵得多。水仙的枯枝也开满了鲜花，朵朵比珍珠还洁白。玫瑰干枯的荆棘也开了花，朵朵比红玉还艳红。比珍珠还白的是那些水仙花朵，花梗犹如光亮的银子；比红玉还红的是那些玫瑰，花叶犹如金叶片片。

他穿着王袍站在那儿，神坛的门打开了，供台上的水晶，突然射来一束神秘的亮光。他穿着王袍站在那儿，上帝的荣光照满各处，圣像在雕刻的壁龛里蠕动。他穿着王袍站在他们面前，风琴传出了音乐，号手吹起号来，歌手也唱歌了。

人民全部敬畏地跪下，贵族连忙插好刺刀，行了臣服之礼。主教的脸也苍白了，手也战栗着。"一个比我更伟大的人已经给你加冕了！"说完就在他面前跪了下来。

少年王这才从高高的祭坛上走下来，穿过人群回到宫里。这时无人敢看他一眼，因为他的脸完全跟天使的容貌一样。

chapter 06
·星孩儿·

从前，有两个樵夫从一片松林经过。那是冬季很冷的一个晚上，田地间堆着厚厚的白雪，路边的树枝全都弯下身去。他们遇到一个巨大的瀑布，只见她悬挂在空中静止如同帷幕，就像跟冰王亲了嘴似的。

天气真是太冷了，连鸟兽都不知该怎样保护自己。

狼夹着尾巴，在树林中一颠一跛地潜行着，怒道："该死的鬼天气，政府怎么不管啊？"

"啾！啾！啾！"绿色的梅花雀叫着，"衰老的大地死亡了，人们已经用白寿衣把她收殓了。"

斑鸠互相低语着："大地要结婚了，这是她穿的婚礼服。"小脚儿早已冻伤，但面对如此困境，他们觉得应该用一种浪漫的态度对待生活。

"胡说!"狼大声叫了起来,"我告诉你们,这全是政府的过错,如果你们不相信,我就吃掉你们。"他的头脑很聪明,辩论总是不会输掉的。

"在我看来,"天生就是哲学家的啄木鸟说,"我不喜欢用这种论调解释什么,一件事情要是怎么样的,就是怎么样的,现在真冷得可怕啊!"

天气确实冷得可怕,住在高枞树里的小栗鼠互相摩擦着鼻子取暖。兔子蜷缩在洞窝里,头都不敢伸出来。唯一比较高兴的,似乎只有毛茸茸的猫头鹰,手都冻硬了,但他们依旧转着那双黄黄的大眼睛,在森林中叫着:"吐伙!吐伙!天气多好啊!"

两个樵夫一边走,一边用嘴呵着手指,铁钉鞋在雪块上一步步地踹着。有次石头太滑,两人跌进大坑里,爬起来犹如全身沾满了面粉;又有一次,在厚厚的冰地上突然滑了一跤,背在身上的木柴全部散落在地,只得一根根拾起来重新捆好;还有一次,他们迷路了,十分害怕,因为他们知道雪对那些睡在她怀里的人是极残酷的。但他们信任着保护一切出行人的神灵,又重新鼓起勇气迈开脚步,终于走出森林,看见山下那个他们熟悉的村庄。

两人如同死里逃生一般大笑起来,在他们眼里,此时大地仿佛一朵银色的花,月亮犹如一朵金色的花,让人心旷神怡。可是笑完之后,就忧愁起来,他们想到了自己的贫穷。一个樵夫对另一个樵夫说:"我们明明知道生活偏袒着富人，而对我们穷人不屑一顾，为什么还要快乐呢？还不如在森林里冻死，或者被野兽扑过来咬死呢！"

"的确，"他的同伴说，"有的人获得太多，有的人获得太少，不公平把世界分成两个样子。可是除了忧愁，世间根本就没有可以平分的东西。"

正在他俩诉说穷苦的时候，忽然从天上落下一颗亮晶晶的星儿。那星儿经过夜空，滑落而下，消失在一棵柳树背后，离小羊栏不远的地方。

"啊，如果找到它肯定能得到一坛金子！"他们拔步飞跑过去，一心幻想着自己成为富翁后的生活。

有一个跑得比较快，超过另外那个樵夫。他穿过树林，来到那棵大柳树旁边，只见雪白的大地上的确有一件闪闪发光的东西。他向前靠近，蹲下身来用手一摸，竟然是一件金丝织成的衣服，上面满绣着星儿，好像包着什么东西似的。他立刻把同伴叫来，说是找着了天上落下来的宝贝。同伴走过来，两人打开包裹，原本想从里面得到几块金子的，但是——啊，根本就没有什么。金子、银子，什么财宝都没有，只有一个熟睡的婴儿。

"希望难道就此破灭？"其中一个说，"原来什么好运也没有，一个孩子于人有什么好处？离开这儿吧，我们是穷人，连自己的生活都成问题，哪还有多余的钱养其他人的小孩。"

"不行，"他的同伴却说，"把小孩子丢在这儿冻死，是一件很没有良心的事。虽然我同你一样穷，家里的米也仅剩一点儿，还得食用几个月，但我还是想把他领回去，叫我的妻子把他养大。"他很和善地把孩子抱起来，用衣服包好，不让冷风吹着他，朝山下的村子走去。至于他的同伴，看到他这种傻乎乎的样子，觉得非常奇怪。

他们刚到村子里，他的同伴就对他说："你既然要这小孩，那么就得把衣服给我，因为这些东西我也是有份在内的。"

"不行，"他说，"这衣服既不是我的，也不是你的，是这孩子的啊！"说完就祝同伴一路平安，然后回到自家屋前。

他的妻子开了门，见丈夫平平安安回来，就双手抱住他的脖子，连吻好几次，这才帮他放下背上的木柴，又替他刷靴子上的雪，叫他进来。

他却对她说："我在森林里找着一样东西，带回来要你照管呢！"说完仍站在门口不动。

"是什么呀？"妻子叫道，"给我看看吧，这屋子里一无所有，我们正需要许多其他的东西呢！"

他把斗篷拉开，一个熟睡的婴儿呈现在她的面前。

"哎哟！"妻子大吃一惊，喃喃地说，"难道我们自己的孩子不够，还要再弄一个坐在火炉边吗？谁又知道他不会给我们招来厄运呢？我们拿什么养活他呀？"她生气了。

"不要这样啊，"他回答，"这可是一个星孩儿呢！"说着便把这个小孩的来历讲给她听。

但妻子仍旧嘲笑他，怒气冲天："我们的孩子还没有面包，难道还要给别人的孩子吃吗？谁肯照顾我们？谁肯给我们东西吃呀？"

"不要这样啊，"他回答，"上帝连麻雀都是照顾的，肯定不会把他饿死！"

妻子反问道："麻雀没有在冬天饿死的吗？现在不是冬天吗？"

他顿时无话可说，愣住了。森林里刮来一阵冷风，伫立在门口的妻子顿时战栗起来，她看了一眼自己忠厚的丈夫，说："快进来呀，风肆虐无忌地钻进屋子里，我冷！"

他反问道："心硬的人的屋子，不是总有冷风吹进来吗？"妻子没有说什么，坐到火炉边去了。

过了一会儿，妻子转过头来，眼里满噙着泪水。他立刻走过去把孩子放在她手里，她便吻了小孩，然后把小孩放在最小那个孩子睡的摇篮里。第二天，樵夫拿出那件金衣，放进了箱子里，那孩子颈上挂着一串琥珀珠，也由他妻子取下来保管。

从此星孩儿便同樵夫的孩子一同长大，同食同游。一年年过去，他一年比一年出落得俊俏，住在那村子里的人都觉得惊讶。因为大家又粗又黑，只有他又嫩又白，活像用象牙雕成似的。那鬈发儿，犹如水仙花环一样，嘴唇像红色的花瓣，眼睛像清溪边的紫罗兰，身体像草原上未经割除的百合一样圣洁。

可是他的美貌却给他带来灾祸，他因此变得非常骄傲、暴虐与自私。樵夫的孩子、村里别人家的孩子，他都认为出身卑贱，骂他们是杂种。他觉得自己出身高贵，是从星儿里蹦出来的，于是就自命主人，叫人家做他的仆役。对穷人、瞎子、跛子和其他残疾人，他非但毫无怜悯之心，反而还用石头砸人家，把他们赶到大路上，叫他们到别处去要饭。所以除了几个胆子特别大的之外，别人绝不敢再到这村子里来乞食。

的确，他非常迷恋自己的美，嘲笑那些软弱的、难看的人，同时还要打骂他们。每到夏天风静的时候，他便躺在教士果园里的水井旁边，向井中看着自己的俏脸儿，顾影自怜，不时发出得意扬扬的大笑。

樵夫两口子常责骂他说："我们对你并不像你对那些可怜无辜的人

一样，你为什么要对那些可怜人如此凶狠啊？"

老教士也常叫他去，想教给他一些爱人爱物的道理，总对他说："苍蝇也是你的兄弟，别去伤害他。野雀儿在林里鸣叫，也有他们的自由，你不能因为自己高兴就去捕捉他们。蚯蚓、田鼠也都是上帝创造的，各自有他们的地位。你到底是什么人，要在上帝的世间作恶呢？就是牧场里、田地里的牲口也赞美上帝啊！"

但星孩儿不理他们的话，只是蹙眉嘲笑，又领他的同伴去玩耍了。同伴都喜欢跟从他，因为他既漂亮，又走得快，还会跳舞、吹笛子，更会玩音乐。只要星孩儿领他们到哪儿，他们便到哪儿；星孩儿要他

们做什么，他们便做什么。他用木棒刺田鼠的眼睛，他们便笑；他用石头打麻风病人，他们也笑。无论什么事都以他马首是瞻，为此他们的心肠也变硬了，甚至同他一样了。

有一天，一个可怜的女叫花子从村子路过，她的衣服破烂不堪，一双脚因走了很多的山路而鲜血直流，样子非常落魄。因为疲倦了，她便靠在一棵栗子树下歇息。

星孩儿刚看见她，就对同伴说："看呀，那棵优雅的绿叶树下坐着一个龌龊的叫花婆，我们过去把她赶走，她实在太难看，太讨厌了。"

他走到她的面前，用石头砸她，嘲弄她。叫花婆只用恐惧的眼神看着他，视线一点也不动。这时樵夫正在小树林劈木头，看见星孩儿又在使坏，就跑过来骂道："你真是铁石心肠，毫不知道怜悯之情，这妇人哪里招惹你了，你为何要这样欺负她？"

星孩儿气得满脸通红，用脚蹬着地说："你是什么人，要你来管我，我不是你的儿子，才不会听你的话。"

樵夫道："对，你的确不是我的亲生儿子，但当初我在森林里收留你的时候，是因为可怜你呀！"

那妇人听见这话就叫了一声，昏死过去。樵夫连忙把她扶到家里，让妻子照管她，过了很久她才醒过来。樵夫在她面前摆些酒肉，劝她安心食用。

　　但她一点也不吃，一点也不喝，只对樵夫说："你不是说，那孩子是在森林里捡来的吗？从今天算起，是十年前的事吧？"

　　"不错，"樵夫答道，"正是在森林里捡来的，是在十年之前。"

　　她激动起来："你捡他的时候，身上有什么东西没有？他颈上是不是戴着一串琥珀珠儿？包着他的是不是一件绣着星儿的金缎衣？"

　　樵夫答道："对，你说的一点也不差。"说完就从箱子里把琥珀串和衣服取出来给她看。

　　她刚看见这些东西，就欢喜得哭了起来："他是我在树林里丢失的小儿子呀，我求你去把他唤过来，为找他我已经走遍世界的每一寸土地。"

　　樵夫两口子连忙出去叫星孩儿，对他说："快进屋来看你的母亲，她在等你呢！"

　　星孩儿满心欢喜地跑进来，但刚看见坐在里面的女子，便轻蔑地大笑起来："怎么，我的母亲在哪儿？我只看见这叫花婆呀。"

　　那女的回答他说："我就是你的母亲！"

　　"你大概是疯了，"星孩儿怒道，"我绝不是你的儿子，你只是个叫花婆，又丑又脏。所以说，快些走吧，别让我再看见你这张肮脏的脸！"

　　"不，你的确是我儿子，是我在森林里生的呀！"她这样叫着，便跪了下来，双手伸向他，求他过来，"强盗把你偷去了，他们要把你弄死。我一看你就能认出来，这些纪念的东西我也认得，这是琥珀串和金缎衣。所以求你过来吧，为寻找你，我已经走遍整个世界。跟我走吧，我的儿，我的儿，我需要你的爱呀！"

但星孩儿关紧他的心门，站在那儿依旧一动也不动。这时候，除了那女人为痛苦而哭的声音，就一点声息也没有了。最后他对她说，声音冷酷而无情："假如你真是我母亲，最好赶紧滚蛋吧，别来羞辱我了。我不是你所说的那样，我才不是叫花婆的儿子，所以你走吧，别让我再看见你！"

"唉，我的儿！"她哭着，"就是我走之前，你也不能吻我一下吗？我为了找你，真是受了不少的罪呀！"

星孩儿却说："不行，你太脏了，与其吻你，还不如去吻毒蛇和癞蛤蟆。"

女人只得站起来，很凄凉地哭着走了，星孩儿看见她离开，就高兴起来，又跑到同伴那儿，想同他们一起去玩。但同伴才看见他走来，便突然惊叫着一起嘲弄他说："啊，你真同癞蛤蟆一样丑，像毒蛇一样讨厌。走开，我们不要和你一起玩了！"说完就把他赶出了花园。

"他们对我说这样的话到底是什么意思？"星孩儿蹙着眉头，暗自道，"让我到井边去，看看我的俊脸儿是如何地标致。"

他来到井边，往井里望去——哎哟！这是怎么回事？他的脸竟像癞蛤蟆的脸一样丑陋了，身子也像毒蛇一样长出了鳞片。他立即倒在地上，大哭起来，并且对自己说："这一定是我犯了罪所导致的后果，不认亲娘，在她面前傲慢无礼，还把她赶走。我一定要走遍天涯去寻她，不然我决不罢休。"

樵夫的小姑娘走到他身边，手扶在他肩上，对他说："你不好看有什么关系？同我们住在一起好了，我们不会嘲弄你的。"

他却对她说："不行，我对母亲太残忍了，这是因为犯罪得来的惩罚，我非去不可。我要走遍世界找到她，希望她能饶恕我的罪过。"

因此他跑到森林里叫喊，请他母亲回来，但是没有回应。他整整喊了一天，到晚上便睡在树叶铺成的大床上。动物四处跑开了，因为他们都记得他的暴虐，除了癞蛤蟆和慢慢爬过的毒蛇，那儿就只有他自己一人。

第二天早晨起来，胡乱摘了些苦果儿充饥，他就穿过树林朝前走去，一路上伤心地哭着，无论遇见谁，都问可曾碰见他的母亲。

他对田鼠说："你能钻到地下去，告诉我，我的母亲在哪儿呢？"

田鼠却对他说："你捣瞎了我的眼睛，我怎么能知道呢？"

他对梅花雀说："你能在天空中飞行，看见全世界，告诉我，你能看见我的母亲吗？"

梅花雀对他说："你把我的翅膀也剪了，我怎能再飞呢？"

他又对独住在枞树上的小栗鼠说："我的母亲在哪儿呀？"

栗鼠对他说："你杀了我的母亲，难道你还要杀你自己的母亲吗？"

星孩儿只得哭着低下头，恳求上帝创造的生物宽恕他，然后继续在森林里穿行，寻找那女叫花子的身影。第三天，他才走出森林，来到一个平原上。

他每经过一个村子，孩子们就会嘲弄他，用石头砸他；庄稼人连牛栏都不让他睡，说他会把谷物弄脏；就连雇工都赶他走，谁也不可怜他。

虽然三年来他在世界各个地方都漂泊过，甚至常常觉得自己的亲娘就在前面走着。他喊她，追她，直到尖尖的石头把脚底刺出血来，才发现那竟然是一场梦幻。

他无论在什么地方都打听不到母亲的行踪。所有路上的人，谁也不说曾经看见过他的母亲，或者看见像他母亲的人，反而作弄他，使他更添忧愁。

三年来他走遍全世界，在流浪中得不到爱，得不到关切，也得不到仁慈，然而这正是他从前得意之时为他自己创造的世界啊！

一天傍晚，他来到一处靠河的城门口，那城墙异常坚固。虽然已经非常疲倦，双脚也疼痛难忍，但他还是要进城去，只是守门的卫兵把刺刀横下来拦住他，恶狠狠地说："你进城干什么？"

他回答："我是来找我母亲的，请准我进去吧，她或许就在里面呢！"

守门的卫兵嘲笑他，有一个捻着胡须，放下盾牌，向他叫道："老实说，就是你母亲看见你，也不会高兴的。你比泥沟里的癞蛤蟆还不如，在山上爬的毒蛇还比你俊俏一些。滚吧，你母亲不在这城里。"

另一个手执杏黄旗的卫兵对他说："你的母亲是谁？你为什么找她？"

他说："我母亲是个叫花子，同我差不多的样子，我从前待她不好。请准我进去，若是她在城里，找到她，或许她会饶恕我的。"但他们不答应，还要用矛刺他。

星孩儿哭着转身走了。这时突然过来一人，身穿镀金花甲，盔上绣着飞狮，问那些士兵，要进城的是谁。他们便对他说："是个叫花婆的儿子，也是个讨饭的，我们已经把他赶走了。"

"不必，"那个人笑着喊道，"我们可以把这脏东西卖给别人去做仆人，得来的钱还可以换一杯甜酒喝呢！"

旁边正经过一个面目狰狞的老头儿，说道："这家伙我买了。"说完他付了钱，一把拉住星孩儿，往城里走去。他掏出一条丝巾，把星孩儿的眼睛蒙住。当丝巾解开的时候，星孩儿便发觉自己待在一间土牢里，牢里点着油灯。

老头儿用一个木盘盛了些面包皮，放在他面前说："吃吧！"又用一个杯子装了些污水，也放在他面前说："喝吧！"他吃完之后，老头儿便走出去，用铁索拴紧了大门。

那老头儿是个狡猾的非洲术士，跟一个住在尼罗河畔皇墓里的人学过魔法。第二天，他走进来，蹙眉对他说："在异教徒城门附近的一片森林里，有三块金子，一块是白金，一块是黄金，还有一块是赤金。今天你去帮我把白金拿来，如果拿不来，就打你一百鞭。快些去，太阳落山的时刻，我在花园门口等你。你是我的仆人，我花一碗酒的价钱把你买来，不听我的话，小心我打断你的腿。"他用丝巾遮住星孩儿的眼睛，带着他走出房间，穿过花园，上了那五级铜梯，然后用戒指把门打开，把他放到街上去了。

星孩儿走出城门，来到术士告诉他的森林。

这林子，从外面看来十分美丽，里面似乎定居着许多鸟儿。星孩儿快快活活地朝里面走去。但是他无论走到哪里，地上总有又尖又粗的荆棘拦住他的路，凶恶的荨麻刺痛他，蓟也拿它的刺戳他，使得他痛苦不堪。术士要他拿的金子，从早晨寻到中午，中午寻到傍晚，怎么都找不着。日落时，他伤心地哭着往回走，命运对他真的太坏了，他不知道接下来将有什么样的事情发生在自己身上。

但他刚走到森林边界，就听到树丛里传来一声哀叫。这时他忘记了自己的忧愁，跑进森林里，才发现原来是一只小兔子落在猎人的陷阱里了。

星孩儿觉得它很可怜，就把它放了，对它说："我自己也不过是个仆人，但我竟可以给你自由。"

兔儿回答他说："你给了我自由，要我拿什么报答你好呢？"

星孩儿就对它说："我正要找一块金子，但到处都找不着，若找不着，回去就要挨主人的打。"

兔子说："跟我来吧，我知道那东西藏在哪儿，并且为什么藏在那儿的原因我也知道。"

于是星孩儿就跟在兔子后面，刚走到一棵橡树穴口边，就看见要找的金子正放在那儿。啊，他因此高兴极了，拿到金块，便对兔子说："我不过为你做了一点小事，你却加倍地偿还我；我不过对你施了一点小恩，你却百倍地报答我。"

兔子道："不是这样说，只要你怎样待我，我就怎样待你。"说完它就很快地跑走了，星孩儿才转步回城。

这时候，城门口正坐着一个麻风病人，脸上盖着一块灰帕，眼睛好像火炭一般通红。他见星孩儿走来，便敲着木碗，摇着铃子，大声向他叫道："给我一点钱吧，我要饿死了，他们把我赶出城来，谁也不怜恤我。"

"唉！"星孩儿叹气道，"可是我口袋里只有一块金子，不拿回去交给主人，他便会打我，我是他的仆人呀！"

但那麻风病人又央告他，请求他，星孩儿就发了慈悲心，把那块白金给他了。

回到术士家里，术士给他开了门，领他进来，问道："那块白金拿来了吗？"

星孩儿回答："没有拿来。"

于是术士抓住他就一顿痛打，随后放一个空木盘在他面前，说："吃吧！"又给他一个空杯子，说："喝吧！"最后又把他关到地牢里去了。

第三天，术士又来对他说："假如今天你不把那块黄金拿来，我一定把你当奴隶看待，打你三百鞭。"

星孩儿便再次来到森林里，去找那块黄金，找了一天，到处都找不着。日落时他便坐下来哭泣。正在这时，被他从陷阱里救起来的小兔子跑来了。

兔子问他："你为什么哭？你在这林子里找什么？"

星孩儿说："我要找一块藏在这森林里的黄金，假如找不着，我的主人就要打我，拿我当奴隶看待。"

兔子叫道："跟我来！"便往森林里跑去，他们来到一个水池旁边，才停下来，就在池底发现了那块黄金。

星孩儿说："我应该怎样感激你才好呢？啊，你救我，这已经是第二次了！"

兔子说："没关系，你曾可怜过我！"这样说着，便很快跑开了。

星孩儿取了黄金，装进口袋里，急忙向城内走去。麻风病人刚见他来，又跪下向他叫着："给我一点钱吧，我快饿死了！"

星孩儿便对他说："我口袋里只有一块黄金，而且不拿回去交给主人，他便要打我，拿我当奴隶看待。"

但那麻风病人仍百般地哀求他，星孩儿动了恻隐之心，把那块黄金也给了他。

回到术士家里，术士给他开门，领他进去，便对他说："那块黄金拿来了吗？"

星孩儿说："没有拿来。"

于是术士抓住他，又痛打一顿，并且还套上锁链，把他丢进土牢里。

第四天，术士又来对他说："如果今天你把那块赤金替我拿来，我就放你自由，如果不拿来，我一定把你杀死。"

于是星孩儿再次来到森林里，找那块赤金，找了一天，怎么也找不着。傍晚，他坐下来哭泣。正在这时，小兔子又来了。

小兔子问他："你要找的那块赤金，就在你背后那个洞里，别哭了。"

星孩儿便说："我应当怎样感激你才好？啊，你救我，这已经是第三次了！"

兔子说："没关系，你曾可怜过我！"这样说着，很快地跑开了。

星孩儿走进背后的那个洞里，在洞底找到了那块赤色的金子。他把它放进口袋，急忙向城里走去。那麻风病人看见他来，就站在路中央，向他叫道："把那块赤金给我吧，我快要饿死了！"

星孩儿又可怜他，把赤金也给了他，对他说："你比我更需要它。"但他心里依然很难过，因为他知道死亡的阴影已笼罩在自己身上。

但是，看啊！当他走进城门的时候，卫兵们都躬身行礼，说道："我们的主多么好看啊，您是我们国王的儿子！"一群老百姓也跟在他后面欢呼："世间绝没有这样好看的人！"星孩儿听见，反而哭泣起来，暗自说："他们都瞧不起我，还要嘲弄我，拿我的不幸来寻开心。"这时拥挤的人越来越多，使他迷了路。在人群中一阵穿梭，他来到一个大广场，王宫便矗立在他的眼前。

这时宫殿开了门，许多教士和大官都出来迎接他，伏在他身前，高声说道："陛下便是先王的儿子，我们所期待的王！"

　　星孩儿就回答他们道:"我不是什么先王的儿子,我只是个叫花婆的儿子,我知道我很丑,你们为什么要说我好看呢?"

　　身穿镀金花甲,盔上绣着飞狮的那人便拿起盾牌给星孩儿当镜子,并叫道:"我王为什么说自己不好看呀?"

　　"啊!"星孩儿一照,立刻惊叫起来,他的脸又同当初一样,美丽的面容复原了,并且他还看见自己的眼睛里有一种从来不曾有过的东西。

　　教士和大官们便跪下来,对他说:"从前有位先知预言,统治我们的人就要在今天降临,所以请我王戴上这顶王冠,手持这个权杖,以正义与慈悲之心来做我们的国王吧!"

　　但星孩儿对他们说:"我不配做一国之君,因为我以前虐待过我的生身之母,如果我找不着她,得不到饶恕,我是决不会罢休的,所以请让我走吧。虽然你们把王冠、权杖都拿来给我,但我必须再到其他地方去寻她,不能在这儿耽搁!"说完,他就转头往城门的那条街望去。

　　啊,他突然发现,在围着士兵的人群中,他的母亲叫花婆竟然就在那儿,旁边站着那个坐在城门口向他讨要金子的麻风病人。

　　他高兴得大叫起来,立刻跑过去跪下来吻母亲双脚,用自己的眼泪去清洗那些历经风霜的伤痕。他在灰地上磕着头，好像心胆俱碎的人那样痛哭着："母亲啊，我在得意的时候虐待了您，如今在我失意时，您要了我吧！母亲啊，我给您的是憎恨，可是我却想要您的爱！母亲啊，我曾抛弃了您，现在请您收留不争气的儿子吧！"但那叫花婆却不回答他。

他又伸手抱住那麻风病人的双腿，对他说："我救过你三次，你替我求求她，让她再同我说一次话吧！"那麻风病人也不理他。

于是他又哭泣起来："母亲啊，我痛苦得实在不能忍受了，饶恕我

吧，让我再回森林里去好了！"这时叫花婆把手搁在他头上，对他说："起来！"麻风病人也把手搁在他头上，也对他说："起来！"

星孩儿站起身来，看着他们。啊，原来他们一个是国王，一个是王后。王后对他说："这是你救助过的父亲。"国王又说："这就是你用眼泪去洗她脚的母亲。"

他们抱住星孩儿的额头吻他，把他带回王宫，给他穿上华丽的衣服，戴上王冠，又把权杖交给他，治理那座河边的王城，做了那个地方的国王。从此以后，他做了很多有利民生的善事，作恶的术士也被赶走了。对于樵夫两口子，他送去许多贵重的礼物，以报答他们的养育之恩。樵夫的儿女，也被赏赐了很大的恩典。并且他还不准人们虐待鸟兽，教人们要有和爱、慈悲、亲切与向善之心，对没吃的人给他面包，没穿的人给他衣服，从此国家就平安富庶起来。

然而他当政的时间并不长久，因为他所受的痛苦太深，所受的磨炼也太苦，三年后就死了。他死后继承王位的是一个很坏的国王。

chapter 07

·巨人的花园·

每天下午放学后，孩子们都会跑到巨人的花园里玩耍。

怡人的大花园里，遍地生长着绿草。绿草地上，到处生长着美丽的花朵，犹如天上的星儿一样璀璨。十二棵英姿飒爽的桃树，春天开着红白的小花，秋天结满丰盛的果子。鸟儿坐在桃树枝上，唱着甜蜜而动听的歌。孩子们沉醉在歌声里，玩着玩着便歇下来，侧耳静听。他们互相叫着："我们在这儿多快乐呀！"

有一天，巨人回来了。巨人原本是去拜访朋友，一个住在森林里的吃人大怪兽。巨人同他住了七年，说完想要说的话便决定回家，才回到家便看见这些小孩子竟然在自己的花园里玩耍。

他用一种粗暴的声音叫着："你们在这儿干吗？"

违者重罚

孩子们被他吓跑了。

"人人都知道这花园是属于我的，这里除了我，谁也不许来玩！"

巨人说。他筑起一道高墙把花园围起来，并且挂出一块告示牌：

闲人莫入，违者重罚

他是个非常自私的巨人。

那些可怜的孩子从此没有了玩耍的地方，只有转移到大街上。但

是大街上灰沙太多，四处都是坚硬的石头，他们不喜欢，依旧热爱以前那个怡人的花园。于是下课之后，他们便经常在花园的高墙外徘徊，谈论着园子里有趣的风景，互相叫嚷着："我们从前在那儿多快乐呀！"

春天到了，山野遍地都开满鲜艳的小花，鸟儿也开始四处飞翔，只有自私的巨人的花园里，仍旧一片冬天的萧瑟。鸟儿不到没有孩子的地方玩耍，树木也忘记了开花。

有一次，一株美丽的花儿刚从草丛中把头伸出，看见那块告示牌，很替孩子们不平，也就缩到地下去睡觉了。最得意的只有霜和雪，他们叫着："春天已把这个园子忘记，我们终年都可以居住在这儿了。"雪用她白色的大衣覆盖草地，霜把花园里的树枝一齐镀成银色。他们邀请北风也来和他们一同居住。北风裹着兽皮，整天在园子里号叫，把烟囱都刮倒了。他说："这地方很不错，我们把雹请来就更好了。"

因此雹也来了，他每天在房顶上胡闹，弄坏了许多石板，然后又在花园里狂奔。他穿着灰色的衣服，呼吸像冰一般冷飕飕。

"真是不懂，春天怎么还不来呢？"自私的巨人坐在窗口，看着一片雪白、冰冷的花园，自言自语，"我多么希望天气变换一下啊！"

但是春天始终没有来，夏天更是不见踪影，秋天赐给其他花园许多金果，唯独对巨人的花园吝啬不给，她说："巨人太自私了。"因此巨人的花园里永远都是冬天，冰雹终日在树丛中跳舞，冷风严霜，一片凄凉。

一天早晨，巨人在床上睁开双眼，忽然听见一曲动人的音乐。乐声很优美，他以为是皇家乐队从这儿路过，其实只是一只小红雀在园子外唱歌。

巨人好久没在自己园子里听见小鸟的叫声，所以这似乎是世间最动人的音乐了。这时候，冰雹也在他头上停止狂舞，北风也不再怒号，敞开的窗户外，吹来一阵馥郁的芳香。

"我相信春天终于来了。"巨人从床上跳起，从窗口往外望去。

他看见一个非常奇特的场景，只见许多小孩竟然从墙角的小洞爬进园子，坐在树枝上。他在每一棵树上，都可以看到一个小孩。小孩回来了，树木非常高兴，立刻全身遍开花朵，手臂在孩子头上摇来摇去。鸟儿也上下飞舞，欢喜而婉转地开始唱歌。花儿也从绿草丛中露出脸颊，在那儿欢笑。这是一幅多么可爱的图画，只有花园最偏僻的角落，仍旧弥漫着冬天的萧瑟。

就在那花园最偏僻的角落，有一个小孩站在那儿，他人太小，爬不上树，在那儿转来转去，很悲伤地哭着。可怜的树，仍全身覆盖霜雪，北风依旧在头上怒吼。树儿尽量把枝条弯下，说："爬上来呀，小朋友！"但那孩子太小了，始终攀爬不上去。

巨人默默看着这一切，心忽然软了，说："我是多么自私啊，现在知道春天为什么不来了。我应该把那小孩抱上树去，再把墙推倒，让花园永远做孩子的游乐场。"他对以往的行为充满懊悔。

他走下楼，轻轻推开房门，来到花园里。但是，那些孩子刚看见他，就吓得跑开了，花园立刻又恢复了冬天的景象。只有那最小的孩子没有跑，他没有看见巨人走来，眼里噙满泪水。巨人偷偷来到他的身后，轻轻把他抱起来放到树枝上，那树瞬间鲜花盛开，鸟儿也瞬间飞来开始歌唱。

那小孩伸出双臂，抱着巨人的脖子，甜甜地亲了他一口。其他的孩子看见巨人已经不是坏人，也都跑回来，春天又同他们一起回到了园子里。

"这是你们的花园了，孩子们！"巨人说道，然后拿起一柄大斧砍倒了围墙。中午赶集的人们经过这里，看见巨人同许多孩子正在这最美丽的花园里玩耍。

他们玩了一整天，傍晚时分都到巨人面前来告辞。

"你们那个小伙伴哪里去了，我抱上树的那个孩子？"巨人说，他最爱的就是那个小孩，因为那小孩吻过他。

孩子们回答："我们不知道，他早走了。"

巨人说:"你们一定要告诉他,叫他明天再来。"但那些孩子说他们不知道他住在哪儿,从前也没有见过他,巨人觉得非常郁闷。

后来每天放学,孩子们都会来同巨人一起玩耍,可巨人最爱的那个小孩却没有再出现。巨人对这些孩子都很慈和,但他还是牵挂他的第一个朋友,并且时常想起他。"我多么希望再见到他啊!"他说。

许多年以后,巨人老了,再也没力气玩耍。他每天只能坐在一张大靠椅上,看着小孩子游戏,然后尽情欣赏花园里这幕怡人的景象。他说:"我有许多美丽的花,但是孩子才是这些花中最美丽的。"

现在他不恨冬天了,因为他知道,冬天只是春天在睡觉,花木在休息而已。一个冬天的早晨,他正在穿衣服,不经意地从窗口望了出去,忽然他揉揉眼睛,惊奇地发现,在花园极偏的角落里有一棵桃树,桃树上开满漂亮的白色花朵,树枝全是金色的,挂着银色的果儿,树下竟然站着那个他满心牵挂的小孩。

巨人高兴极了,他跑下楼去,跃过草地来到小孩身边。忽然他气得满脸通红。"谁害你的?"他怒道。原来孩子的手掌与脚掌,分别有两个清晰的钉子印。

"谁害你的?告诉我,我拿大刀去杀了他!"巨人大叫。

那小孩回答:"不,这是爱的伤痕!"

　　"你是谁?"巨人问，忽然感到一股异常的力量，使他立刻在那小孩面前跪了下来。

　　那小孩向巨人笑笑，对他说:"你让我在你花园里玩过一次，今天我也让你到我的花园里去玩一次吧，那里可是乐园呢!"

　　那天下午，孩子们依旧跑进花园里来玩耍，却看见巨人死在了树下，身上覆盖着白花。